KB036428

신강화학파 33인

b판시선 028

하종오 시집

신강화학파 33인

도서출판 b

　강화에 시의 심신을 잇대어 지낸 지 20여 년이 지났다. 그동안 한 편의 시가 한 인간의 일생을 담아내는 형식일 수 있으며, 시인이라면 한 편의 시에 한 인간의 일생을 담아낼 수 있는 창조적 고투를 해야 한다는 생각도 해왔다.

　여기 등장하는 33인은 그렇게 시에 담아보고자 한 대상들이며 특별한 상징성은 없다. 내가 상상해낼 수 있는 인원수로서 모두 허구의 인물들이다. 강화에서 만날 수 있는 주민들일 것이고, 다른 농촌 지역에서도 마주칠 수 있는 주민들일 것이다.

　그들은 내가 살고 싶었던 일생의 일면, 내가 살아온 일생의 일면, 내가 살아갈 일생의 일면을 지니고 『신강화학파 33인』으로 살아있기를 바란다.

강화 넙성리에서

하종오

신강화학파 33인 유래담

주민들이 너나없이 자신을
신강화학파 33인으로 자칭한다는 설이
강화에는 파다하다

대관절 신강화학파 33인이 무엇일까
들길 걷는 주민들에게 물어보면
잡풀에게서도 양식을 구하는 사람들이라고 대답하고
나무 아래서 쉬는 주민들에게 물어보면
그늘을 두르고 햇빛 아래 다니는 사람들이라고 대답하고
호미 든 주민들에게 물어보면
가축에게도 일거리를 나누어주는 사람들이라고 대답한다

아무려나 신강화학파 33인이 생겨난 전후 사정에 대해선
아무리 궁금해해도 아무도 설명해 주지 않는데
잡풀이 소곤거리는 말소리를 들어보면
주민들이 허기에 지쳐 드러누워 지내던 날
끼닛거리를 내놓은 몇몇 사람으로부터 비롯됐다고도 하고
나무가 웅얼거리는 말소리를 들어보면

주민들이 가뭄 들어 씨 뿌리지 못하던 철
멀리 가서 물길을 끌어온 몇몇 사람으로부터 비롯됐다고도
하고
가축이 우물거리는 말소리를 들어보면
주민들이 일손 모자라 땅을 내버려둬야 했던 해
하루 밤낮 걸려 다 갈아버린 몇몇 사람으로부터 비롯됐다고
도 한다

강화에선 설이 분분하기는 해도
주민들 모두 신강화학파 33인으로
각자 자칭하고 서로 호칭한다

신강화학파 남자아이

바람이 왁시글거리고 햇빛이 득시글거려서
신강화학파가 가만히 있지 못하고
각자 방문도 대문도 열어놓고 집을 나선 날,
덩달아 나도 나돌아 다니기 시작하자,
옆집 남자아이가 쳐다본다

들녘에 나간 신강화학파는
왜가리에게 날개를 얻어서
바람을 타고 날아다니고
야산에 올라간 신강화학파는
고라니에게 네 다리를 얻어서
햇빛을 받아 뛰어다니자,
겨우 제 발로 걸어가는 내가 미심쩍은지
옆집 남자아이가 따라붙어 말을 건다

마을길을 걸어갈 때
신강화학파라면
집개의 걸음걸이로 가야 하지 않나요?

신강화학파가 아니라면
이웃의 걸음걸이로 가야 하지 않나요?

나는 내가 신강화학파인지
아닌지도 모르고 있고
또한 신강화학파로 긍정되는지
부정되는지도 모르고 있다는 걸
문득 깨닫고는 아무런 대답을 하지 못한다

바람이 와시글거리고 햇빛이 득시글거려서
집개는 대문 앞에서
바람을 맞으며 어슬렁거릴 것이고
이웃들은 방문 앞에서
햇빛을 쬐며 어치렁거릴 것이다
나는 집에서 제자리걸음이나 해야 하는 처지인 걸
옆집 남자아이가 깨닫게 한다

신강화학파 재비

스스로 강화에선 마지막 풍물재비라 일컫는
재비를 이웃들이 신강화학파로 부를 때면
난데없이 갑자기
꽹과리소리가 나고
장고소리가 나고
징소리가 나고
북소리가 난다

풍물놀이는
혼자 악기를 쳐서 소리를 흩어놓기도 하고
여럿이 악기를 쳐서 소리를 모으기도 하며
작당해서 놀아야 하나,
신강화학파는
한자리에 모여 있지 않아도 말이 오가고
여러 곳에 흩어져 있어도 말을 주고받으며
일파를 이룬다 하니
이웃들에게서 신강화학파로 불리면
재비는 너무나 신명 난다

스스로 강화에선 마지막 풍물재비라 일컬으나
이미 작파한 지 오래된 재비는
신강화학파와 어울려 놀 적이면
꽹과리가 없으니 호미를 두드려 꽹과리소리를 내고
장고가 없으니 논물을 두드려 장고소리를 내고
징이 없으니 삽을 두드려 징소리를 내고
북이 없으니 밭둑을 두드려 북소리를 낸다

씀바귀

가난한 사람들을 위한 나물이라며
아내가 씀바귀를 다듬었다
씨를 뿌리지 않아도
길섶에 흔하게 돋아나고
새잎을 뜯으면 다시 새잎이 돋아
계속 거둘 수 있기 때문이라고 했다

우리가 가난해서
씀바귀를 먹는 게 아니라
밤에 당신이 친히 돋게 하고
아침에 당신이 친히 거두기에
먹는 거 아니냐고
내가 능청스럽게 물었을 때
가난한 사람들이 남겨놓은 잎사귀를 뜯어 온다고
아내가 스스럼없이 말했다

그날 식탁에 앉아
겉절이로 내놓은 씀바귀를 씹으며

언제부터 나물로 먹었는지 짚어 봐도

도무지 알 수 없었다

다만 씀바귀가 꽃을 피웠을 때

내가 한두 송이 꺾어 아내에게 준 기억은 또렷했다

신강화학파 시인

이웃마을에 사는 아무개 시인이
이규보 옹이 시회詩會를 작파하고
적적하게 지낸다는 소식을 알고
문안 여쭈러 가자고 찾아왔다
신강화학파로 자칭한 적 없는데
주민들이 대놓고 신강화학파로 경칭하는 바람에
신강화학파가 되어 버린 아무개 시인은 흐뭇해하며
시를 열심히 썼다
어느 해 시회에서
아무개 시인이 써낸 즉흥시를
이규보 옹이 읽고는 시마詩魔를 만났다면서
거푸 술 석 잔 따라준 적이 있었으나
그뿐, 바깥세상에 이름이 나지 않았다
아무개 시인과 나를 맞은 이규보 옹이
어디서 풍문을 들었는지,
옛 시인은 지필묵으로 시를 써서 돌려 봤지만
현대 시인들은 시집을 냈다가
무명으로 남는 것이 너무 두려워서

유명 출판사에 투고한다는데, 맞는가?

무명 출판사에서 시집을 내면

평자들이 찾아 읽어주지 않아서

유명해질 수 없다는데, 맞는가?

거푸 확인하려 들 때

나는 설명할 수 없어 잠자코 있었고

아무개 시인이 떨리는 목소리로 말했다

제가 신강화학파 시인으로 떠받들어져 흐뭇해하는 것도

따지고 보면 주민들이 저를 알아주고 있다는 점 때문입니다.

현대 시인은 시만 잘 써서는 안 되는군.

이규보 옹이 중얼거리기에 나는 눈길을 돌렸다

도라지꽃

여기에서 밭에 활짝 핀 도라지꽃을 보면
저기에서 벌어지는 사태를
나는 상상하게 된다
여자가 고운 얼굴로 소리치고 있을 것이다
그 소리가 보랏빛으로 보이기 시작할 땐
여자가 누군가를 간절히 부르고 있으려니 싶어
대답해야 할 기분이 들고
그 소리가 흰빛으로 보이기 시작할 땐
여자가 누군가를 막무가내 쫓아내고 있으려니 싶어
말려야 할 기분이 든다

저기에서 밭에 활짝 핀 도라지꽃을 보면
여기에서 벌어지는 사태를
여자가 상상하게 되리라
나는 어리벙벙한 얼굴로 가만있을 것이다
보랏빛으로 전해지는 깊은 침묵을 본 여자가
나의 속내를 궁금해할 때
나는 입을 다물고 있을 테고

흰빛으로 펼쳐지는 가없는 고요를 본 여자가
나의 본색을 확인하고 싶어 할 때
나는 사지를 움직이지 않고 있을 테다

상상하지 않고 누구든 밭고랑을 걸으면
꽃들이 파르르 시들고 말 것으로 보이는 도라지밭

신강화학파 목부

신강화학파 중 소를 가장 잘 기르는 목부가
요즘 소 한 마리가 통 먹지 않자
끼니를 거른다는 소문이 들렸다
내가 알고 있는 목부라면
능히 함께 굶으며
소의 입맛에 맞는 여물을 찾으러
들판을 싸돌아다니리라
내가 인사 차 들렀더니
아니나 다를까 목부는 보이지 않고
되새김질하지 않는 소 한 마리가
우사에서 울고 있었다
고삐를 풀어주었더니
남의 밭에 들어가 푸성귀를 뜯어 먹었다
잠시 후 빈손으로 귀가한 목부는
아예 우사를 들여다보지 않은 채
소 한 마리가 맛있게 씹을 풀을
들판에서 제때 구하지 못했으니
신강화학파일 수 없다며

스스로 혀를 끌끌 찼다
나는 내가 한 짓을
목부가 알아버렸다는 걸 직감하고
짐짓 인사하고 나왔다

취나물

서울에서 살 적에
친지가 산에서 뜯어다 준
취나물을 데치고 무쳐서는
접시에 잘 담아 식탁에 놓고
아내는 싱크대 앞에 서 있었지
아들딸이 젓가락을 든 채로
맛있다, 소리치면
한 접시 더 내놓고
내가 젓가락을 놓으며
간이 맞다, 중얼거리면
한 접시 더 내놓았지
아들딸이 좌우에 앉은 둥근 식탁에
아내는 나와 맞은편에 앉아서
한 젓가락 집어 먹고는 살짝 웃었지

시골에 살러 오니
이웃이 취나물을 뿌리째 캐다 주어서
아내가 텃밭에 심어놓고

새잎 날 때마다 뜯어 데치고 무쳐서는
접시에 잘 담아 식탁에 놓고
싱크대 앞에 선다
내가 한 젓가락 집어 먹고는
먼저, 맛있다, 소리치고
다음에, 간이 맞다, 중얼거리면
한 접시 더 들고 온
아내는 나와 맞은편에 앉아서
한 젓가락 집어 먹고는 살짝 웃는다

신강화학파 노래꾼

강화에 살러 온 이후
친구는 노래를 부르지 않는다

친구는 보려고만 한다
소나무에서 잣나무로 건너가면 소리가 달라지는 바람
꽃망울에서 이파리로 내려오면 빛깔이 달라지는 햇빛
도랑에서 논바닥으로 들어가면 모양이 달라지는 물

강화에는
노래를 불러서 남들에게 들려줘야 할 거리보다
보면서 제 속에 들여놓아야 할 거리가 많기 때문에
풍경을 소중히 여기는 신강화학파가 있다

산을 마주하고서 깊은 산그늘을 쳐다보고
들을 마주하고서 아늑한 노을을 건너다보고
도랑을 마주하고서 잔잔한 물결을 바라보는
친구는 이제 그런 신강화학파로 자처한다

노래하는 순간
먼저 바람과 햇빛과 물이 사라지고
뒤이어 산그늘과 노을과 물결이 사라지면
마침내 멜로디도 리듬도 가사도 사라지고 만다는 걸 알아
터 잡은 강화에서 친구는 입 다물고 지낸다

밀

어느 날 뒷밭 주인이 밭둑에서 서성거리고 있길래
다가갔더니
밀을 어렵게 구해 뿌렸는데
다행히 잘 자랐다고 자랑했다

밀을 키우는 건
밀짚으로 어릴 때 만들었던 여치 집을
꼭 그대로 만들어 보고 싶고
여치를 잡아넣고
울음소리를 듣고 싶어서라고 했다

누구나 나름의 소망이 있겠지만
만약 나에게 밀밭이 있다면 밀을 수확하여
밀가루를 재료로 하는
음식 다 만들 줄 알고 남들에게 돌릴 줄 아는
사람에게 주겠다고 속으로 생각하고 돌아섰다

어느 날 뒷밭 주인이 밀을 베고 있길래

다가갔더니
밀짚 한 줄기도 버리지 않고 챙기면서
나에겐 아무 말도 하지 않았다

신강화학파 호박농農

도시에서 온 첫해부터
남의 비탈땅을 빌려
호박을 심고 거두는 외지인을
이웃들이 신강화학파로 받아들이는 걸
나는 이해할 수 없었다
신강화학파가 되려면
땅을 가지지 않아야 하나?
농사를 지어야 하나?
땅을 가지지 않은 채 농사를 지어야 하나?
해마다 익은 호박을 따서
방문하는 친지마다 안겨주고
외지인은 마지막 한 덩이만 남겨 씨를 발겨내어
이듬해 또 심곤 했다
호박이 넝쿨째 굴러들어온 적 없어도
이웃들이 신강화학파로 받아들인 외지인을
나는 모르는 척도 아는 척도 하지 않았다
남의 비탈땅을 빌려
호박을 심고 거두기만 해도

신강화학파가 된다면

신강화학파라 한들 별사람이 아닌 것이다

쇠비름

두엄더미에 모여서 옹성옹성
밭고랑으로 몰려들어 자박자박
밭둑으로 올라서서 어기적어기적
풀들 피해 살금살금
한길로 나서며 타박타박
행인들보다 앞서서 성큼성큼
내 옆에서 사부작사부작
일하기 싫어하는 날 따라다니다가
일하기 싫어하는 날 따라다니다가
사방팔방 번지는 쇠비름
사방팔방 번지던 쇠비름
일 잘하시던 아버질 따라다니다가
일 잘하시던 아버질 따라다니다가
아버지 옆에서 사부작사부작
행인들보다 앞서서 성큼성큼
한길로 나서며 타박타박
풀들 피해 살금살금
밭둑으로 올라서서 어기적어기적

밭고랑으로 몰려들어 자박자박

두엄더미에 모여서 옹성옹성

신강화학파 고구마농農

토박이 아저씨는 고구마랑
장난치며 말 트고 지낸다는 소문이
근동에 자자했다

고구마가 하는 몸짓을 할아버지한테서 배웠고
고구마가 하는 소리를 아버지한테서 배웠으며
흙의 색깔이나 땅의 위치를 보고서도
고구마가 잘될지 잘 안될지
한눈에 딱 알아본다는 뒷말도 따라다녔는데
어쨌거나 토박이 아저씨 밭엔 풍작이 들었다

토박이 아저씨가 고구마 순을 심어놓은 뒤
날마다 밭에 나와서
손짓 발짓으로 대거리하는 광경을
멀리서 본 대로 주민들이 따라했으나
너나들이로 주거니 받거니 하는 말소리를
멀리서 들은 대로 주민들이 따라했으나
주민들 밭엔 모조리 흉작이 들고 말았다

밤에도 고구마 맛을 궁구하는 토박이 아저씨가
고구마밭을 보살피는 낮이면
토박이 아저씨가 움직이는 대로 고구마가 절로 움직이고
토박이 아저씨가 숨 쉬는 대로 고구마가 절로 숨 쉬며
맛이 든다는 걸 아무도 몰랐다

달맞이꽃

꿈꾸면 그 꿈이 끝난 뒤
반드시 잠 깨어 다신 잠 못 드는 밤엔
자드락길에 나가 걷는다
공기는 부드럽고 어둠은 선선하다
부추밭 지나고 고구마밭 지나고
더덕밭 지날 때도 생각하지 못했는데
묵정밭 지나다가 달맞이꽃 몇 송이 피어 있어
잠시 멈춰 서니 문득 드는 의문,
그 많던 달맞이꽃이 어디로 갔을까
고개 들어 쳐다보니
달이 달빛 희끗희끗 비추고 있고
고개 돌려 살펴보니
달맞이꽃이 드문드문 만개해 있다
오래전에는 묵정밭에 달맞이꽃이 우거져 있어
달이 내려와 새벽이 될 때까지 시시덕거리며 놀다가 가던
걸
그러면 달맞이꽃들이 한꺼번에 달빛 쏘아 올리며 뒤따라가
다가 달 놓치던 걸

그때는 남들 걱정으로 뒤척이다가 나온

　자드락길에서 내가 보았던 것이다

　요즘은 오로지 나에 대해 고민해도 몸이 견디지 못하는

나날,

　일찍 잠들수록 꿈꾸다가 일찍 잠 깨어 자드락길에 나와

걸으면

　어쩌다가 달맞이꽃 몇 송이 본다

신강화학파 대목수

대목수는 자칭 신강화학파,
우쭐거리며 못 탕탕 박는다
늙은 퇴물 목수로 대접받으면서도
집이 완성된 뒤에 입주할
주인이 농부라면
마루에 앉아서 들녘을 볼 수 있도록 짓고
주인이 어부라면
방에 누워서 파도소리를 들을 수 있도록 짓고
주인이 산지기라면
부엌에 서서 먼산바라기를 할 수 있도록 짓는다

그리하면 집이 완성되기 전에
먼저 마루에 들어와 푹 쉬려는 성주신은
대목수가 마루를 빨리 깔도록 도와주시고
먼저 방에 들어와 한숨 자려는 조상신은
대목수가 방을 빨리 들이도록 도와주시고
먼저 부엌에 들어와 배불리 먹으려는 조왕신은
대목수가 부엌을 빨리 꾸미도록 도와주신다

대목수는 자칭 신강화학파,

우쭐거리며 못 탕탕 마구 박아대어도

신축한 집들이 주인마다 몸에 잘 맞아

아무도 시시비비하지 않으니

건축업에 종사하는 업자들 모두 다

덩달아 신강화학파로 자처하며 함부로 집을 짓고도

가택신家宅神들을 두려워하지 않는다

재스민

서울집에서 꽃이나 보자며
한 그루 사서 화분에 심어
거실에 두다가
올봄 시골집으로 이사하고는
나무들 가까이 우거진
처마 아래 내다놓았다
초목 가운데서 떠나와
사람들 틈에서 힘겹게 지냈을 테니
초목 가운데로 되돌려 보낸다는
단순한 생각을 내가 할 줄이야…
처음 직접 찬바람 맞은
재스민은 잎 떨어지고
처음 직접 햇볕 받은
재스민은 잎 말라갔다
서울집 거실에서 몇 해 동안
꽃 보여주던 재스민이 떠올랐을 때
처마 아래서 집 안으로 화분 들여놓다가
또 단순하게 생각한다 싶어 다시 내다놓았다

잘 적응해서 꽃 피우겠지

신강화학파 미장이

벽돌로 마당에 배수구 만드는 일을
같은 마을에 사는 미장이에게 의뢰했다

미장일해서 번 돈으로
논밭을 넓혀 왔다는 미장이가 우러러 보여
나는 거리낌 없이 신강화학파로 인정했다

내가 생각하는 신강화학파는
이를 테면 그런 인물이다
논고랑 밭고랑을 아끼는 사람이다
미장일에 재주를 타고났는데도
농사일을 하려고 준비하는 사람이라면
됨됨이가 반듯하다고 믿지 않을 수 없다

더구나 신강화학파로 존칭하는데도
미장이는 아무런 표정을 짓지 않으므로
정말로 신강화학파라고
다시금 인정하지 않을 수 없었다

그러나 누가 봐도 반나절밖에 걸리지 않은
배수구 만드는 일을 마친 미장이가
하루치 일당을 셈해 달라고 요구했을 때
나는 내가 인정했던 신강화학파를
속으로 슬그머니 취소하였다

풀꽃

초봄에 여기저기 돋은
잎 기다란 풀들이 눈에 익다며
아내가 화단 한복판에 옮겨 심었더니
이웃이 참견하였다
금방 퍼져서 화초 못살게 굴 텐데요.
꽃들 맘껏 보려고 꽃씨들 사다 뿌리고
꽃나무 묘목들 사다 심던 아내가 듣고는
잎 기다란 풀들 뽑아 내던지길래
내가 참견하였다
둔덕에 심어놓고 잎이나 구경합시다.
그러구러 여름이 지나가는 동안
잎 기다란 풀들은 둔덕에서 살아남아
저마다 꽃대 올리고는 꽃들 피웠다
장마철 어느 날 그 앞 지나다가
잎 기다란 풀들에 꽃들이 피어 있어
이런, 이런, 깜짝 놀란 아내가 캐어
화단 한복판에 옮겨 심으며
나에게 변명했다

친정아버지가 구해다 놓은 풀꽃인데
이 세상에 안 계셔서 내가 깜박했네.

신강화학파 안주인

텃밭에서 기른 나물로
맛깔나게 반찬을 만든다 해서
신강화학파로 대접받는 안주인,
식구들에게 세 끼니를 차려내면서도
나물반찬을 거른 적 없다
도시에서 귀촌하여
햇볕을 쬐고 바람을 맞으며
자급자족한 지 몇 해,
그런 일로 신강화학파로 불리기는
여자로선 안주인이 처음,
여자가 신강화학파라는 건
자기 땅에서 거둬 만든 찬을
자기 밥상에 올려 먹으면
농사지을 마음이 절로 생긴다는 걸
신강화학파가 매우 중요하게 여긴다는 징표,
허드렛일로 취급받기 십상인 밭일과 부엌일이
큰일로 떠받들어지니
맛을 더 잘 내는 안주인,

강화의 햇볕을 먹으려고 강화의 바람을 먹으려고
나물을 말린다

작약

서울에서 시골로 이사한 해였지
어린 아들은 자전거 타고 학교에 다녔던가
어린 딸은 마당에서 잔돌 주우며 놀았던가
아내는 부엌에서 설거지했던가
내가 처마 아래에서 시름겨워했을 때
작약이 나를 올려다보며 꽃 피웠지
내가 작약을 내려다보다가 환해졌던
그 한 해 다 지나갈 무렵
아들딸이 시골 싫어해 도로 서울로 이사했지

올해 그 옛집 허물고
새집 지어 다시 이사하니
처마 아래가 휑 비어 있길래
작약 구근 사다 심었다
시골에서 살지 않던 동안에 다 커서
유학 가고 결혼한 아들딸 걱정하면서
날마다 머리카락 센 아내가 차려주는 밥상 물리고 난 뒤
나는 처마 아래서 또 시름겨워했지만

작약이 꽃 피우지 않았다

가만 생각해 보니 심어놓기만 하면
꽃 피우리라고 믿었던 내가 어이없었다
작약도 다닐 곳 있고
혼자 가만 머물고 싶은 경우 있고
배고플 때 있다는 걸
더 생각해 본 뒤에야 이해하고는
꽃 피우기만 기다린 나를 한심해 하다가
처마 아래서 나는 다시 또 시름겨워했다

신강화학파 고추농農

사람들이 저마다 마음이 다 다르다는 걸
농사꾼들이 쟁기질한 고랑을 보면
단번에 알 수 있다고
중노인은 말한다

자세히 살펴보면 정말로
나란히 붙어 있는 너비가 같은 고추밭을
앞집과 뒷집이 같은 날에 가는데도
고랑의 모양과 수효가 다르다
앞집은 좀 휘어지게 스무 고랑이고
뒷집은 똑바르게 열여덟 고랑이다
중노인은 선하게 지내자고 무리를 이룬
신강화학파의 본심이 그렇다는 것이다
밭고랑을 둘러보면 해마다 각각 달라진
신강화학파의 본심을 확인할 수 있다는 것이다

오늘 중노인이 일군 고추밭에는
중노인의 마음이 드러나 있다

평년에 만든 내로 밭고랑을 만들고
평년에 심은 대로 모종을 심는데
포기가 많이 모자란다

자두

장마철 어느 날
큰물에 자드락길로 쓸려 내려온
어린 자두 두 알을
아내가 주워 들고 두리번거렸다
지난봄 우리 집 모퉁이에
내가 심어놓은 자두나무에는
아직 열리지 않았다고
자두 따 먹을 해를 세는
아내가 나에게 말했다
윗집에 자두나무가 심겨 있는지
나도 아내도 알지 못한다
서로 초대해 본 적이 없으니
집에 열매 맺는 나무가 있다는 걸
서로 자랑해 본 적도 없다
알이 굵다느니 잘 익었다느니
많이 맺혔다니 열매를 견주는 일로 떠들던
옛 시골 어른들이 눈에 선했다
몇 해 후 우리 집 자두나무에

자두가 조랑조랑 열렸다가
장마 때 떨어져 자드락길에 나뒹굴면
누가 주우면서 두리번거리다가
우리 집 자두나무를 발견하거든
얼른 들어와서 크다 작다 품평을 해대면서
먹을 만한 자두를 양껏 따가는 날이
빨리 왔으면 좋겠다고
내가 아내에게 말했다

신강화학파 33인 야담野談, 전편前篇

신강화학파로 자처하는 주민들이
내 앞으로 우르르 몰려와서
신강화학파 33인이 요즘 뜬다던데
대체 어떤 인물들이냐고 시비했다

나는 평소 하는 말투로
강화에 득시글거리는 햇빛을 아껴서 받고
강화에 와시글거리는 바람을 아껴서 맞는
인물들을 일컫지 않겠느냐고 퉁을 놨다

이 힐문답을 주고받는 시간에
주민들이 사는 마을마다
햇빛이 엇비스듬 비치다가 점점 훤해지고
바람이 둥그스름 불어오다가 점점 부풀었다
나는 신강화학파 33인을 띄운 적 없었다
저마다 스스로 떠올라서 저절로
신강화학파 33인이 되었고
무리보다는 개개인으로 생업에 종사하고 있었다

신강화학파 33인에게 빚을 지지도 않았고
덕을 베풀지도 않았던 나는 나대로
강화에 득시글거리는 햇빛을 아껴서 받고
강화에 와시글거리는 바람을 아껴서 맞았다

이런 모습을 본 주민들이
내 앞에서 슬금슬금 떠나면서
겸연쩍게 눈인사를 했는데
내가 속으로 수를 헤아려보니
공교롭게도 33명이었다

보리수

지난해 가을 산책하던 마을길가
처음 보는 나무에
붉은 열매가 달려 있어
아내가 몇 개 따 먹었다
이웃에게 물어보니 보리수라고 했다
올해 봄 화원에 가서 둘러보다가
아내가 보리수를 발견하고는
한 그루 사와서 집 모퉁이에 심었다
내가 소유자를 아들로 정했으나
집 떠나 산 지 오래,
아내가 돌보게 된 보리수에
새잎이 파릇파릇 돋아 나오고
작은 꽃들이 옹기종기 피어났을 때
벌레들이 오글오글 들끓었다
애가 탄 아내가 농약을 쳤더니
이내 벌레들은 죽고
얼마 안 되는 새잎과 작은 꽃들이
겨우겨우 살아남았다

보리수 붉은 열매가 익을 무렵
아들이 집에 다니러 온다면
아내 입에 따 넣어줄 것인지
아내가 기다리다가
아들 입에 따 넣어줄 것인지
나는 꼭 보기로 작정했다

신강화학파 잡부

가을철에야 목돈이 만들어지는 농사일은
안사람에게 맡겨놓고
사내는 건축현장에
하루 품삯 벌러 나간다
사내가 새벽에 일어나
고물트럭에 시동을 걸면
집개가 한번 컹, 짖고
들개들이 덩달아 컹, 컹, 컹, 짖어댄다
어느 밤 들개 한 마리가
뺑소니차에 치여 피 흘리고 있을 때
귀가하던 사내가 짐칸에 싣고 가
치료해서 집개로 키운 뒤부터
들개들은 사내를 신강화학파로 대우했다
네 다리로 걷는 무리만이 진실하다고 믿는 들개들이
두 다리로 걷는 사내를 진실하다고 본 것이었다
그래서 집개가 한번 짖고 나면
들개들이 예의를 갖추느라 덩달아 짖는데,
사내는 그런 실정을 모르는 채로

건축현장에 나갔다가
하루 품삯 벌어서 돌아온다
이때는 고물트럭 엔진소리를 들은
들개들이 한번 컹, 짖고
집개가 예의를 갖추느라 덩달아 컹, 컹, 컹, 짖어댄다

옥수수

옥수수 모종을 사와서 심었다
거름이 신통치 않은지
잘 자라지 않았다

아이 적에 이웃 밭둑에서 봤던
여름철 익어가며 수염을 늘어뜨리던 옥수수를
겨울철 말라서 바람에 흔들리던 옥수수를
다시 보고 싶었건만…

오래전 풍경을 오늘에 살려내려는
내 수작이 희떠워서
옥수수가 제대로 자라지 않는다면
오늘의 풍경을 본 어떤 아이가
나중에 어른이 되어 떠올리고는
옥수수를 심지 않을 수도 있겠다 싶었다
옥수수를 쌀 대신에 먹는 종족이 있으니
나는 그런 일이 생기는 게 두려워서
뿌리 둘레를 파고 거름을 묻어주었다

얼마 후 옥수수가 폭우에 쓰러졌다
지지대를 박고 붙들어 매주었다
여름 동안엔 옥수수가 수염 늘어뜨리는 모양을
겨울 동안엔 옥수수가 바람에 흔들리는 모양을
나는 바라볼 수 있었다

신강화학파 독거노인

도시에서 강화로 들어온 독거노인은
손수 밥상을 차려 먹었다
들고양이들이 보기에는
독거노인이 고리타분하긴 해도
한데 내놓는 잔반에 더러 고기를 섞어서
맛나게 먹게 해주는 분이니
친하게 지내야겠다 싶어
멋대로 신강화학파로 간주해버렸다
들고양이들이 나름 속생각하기를
다 같은 신강화학파가 되었으니
이제 서로 말이 통할 터,
입맛 없을 땐 생선을 달라 해서 먹고
그 보답으로 집 둘레에 얼쩡거리는 쥐나
이따금 잡아 죽여 놓으면 되려니 했다
하지만 들고양이들한테
신강화학파로 떠받들어진다는 사실을
전혀 눈치채지 못한 독거노인,
손수 밥상을 차려 먹다가

들고양이들이 거실 창문 밖에서 얼쩡거리자,

밥과 찬을 덜어내고 생선을 얹어

한데 내놓으며 빙그레 웃었다

고추밭

다섯 평밖에 안 되는 텃밭
이랑이 구불구불한 건
성격이 구불구불한 내가
괭이질해서 생긴 일
장맛비 오다 그친 사이
고추잠자리가 구불구불하게 날아다니는 건
고추밭 이랑이 구불구불해서 생긴 일

나도 이랑도 고추잠자리도
한통속이 된
요즘에야 드는 생각

어릴 적 고향에서
고추밭 매러 가시던 부모님 따라가서
고추에 앉은 고추잠자리 잡으려던 순간
똑바로 날아가 버리던 건
이랑이 똑발라서 생겼던 일
수백 평 비탈밭

이랑이 길고 길었는데도
이쪽에서 저쪽까지 똑발랐던 건
쟁기질하시던 부모님의 성격이
똑발라서 생겼던 일

신강화학파 인삼농農

벌건 대낮에 고라니가 나를 찾아와서
집 앞 삼포 주인이냐고 묻기에
왜 삼포 주인을 찾느냐고 되물었더니
자신은 신강화학파인데
삼포 주인도 신강화학파라면
삼포에 울이 쳐져 있어
마음대로 돌아다니기 불편하니
철거를 요청하겠다는 거였다
이튿날 삼포 주인에게 전하였더니
전 재산인 삼포를 지키려고 울을 쳤는데
고라니가 왈가왈부한다면
주인을 만만하게 보는 거라며 불쾌해하면서도
신강화학파에 대해서는 일언반구도 하지 않기에
나는 입 다물었다
삼포 주인이 신강화학파를
별나게 여기지 않는 자세가 돋보여서
그 다음부터는 고라니가 찾아와 불평해도
나는 귀담아 듣지 않았다

저마다 제 뜻대로 살기 위해

고라니는 삼포 주인을 만나려는 거고

삼포 주인은 고라니를 만나지 않으려는 거니

내가 누구 입장에 서면 안 되었다

열무

옛집을 철거한 생땅을
괭이로 뒤집어 텃밭으로 일구었다
두둑에 열무씨 뿌리기를 두 차례,
처음엔 거름을 제대로 주지 못했는지
싹이 잘 나지 않았고
다음번엔 거름을 많이 주었는데
잘 자란 잎사귀에 벌레가 버글거렸다

생나물로 무쳐 먹거나
김치로 담가 먹으려고 했지만
벌레가 갉아 먹은 열무,
아내가 버리기 아까운지
데치고 된장에 버무려서
저녁 식탁 위에 올려놓았다

옛집에서 살 적에 부치던 텃밭은
열무씨를 뿌리면 수북하게 돋았다
생나물로 무치고 김치로 담던 아내가

간을 맞출 때마다 한 젓가락씩 맛보게 했던
어린 아들딸은 커서 집을 떠났고,
이제 우리 부부만 남았다

아내가 데쳐서 된장에 버무린 열무로
나는 밥을 비벼 맛있게 먹으며
한 번 더 열무씨를 뿌릴 날짜가 남았는지
침침한 눈으로 달력을 쳐다보았다
어스름이 스며들고 있었다
아내가 천장 전등스위치를 탁, 켰다

신강화학파 양계업자

참새들이 계사^{鷄舍}에 들어가
닭들과 함께 모이를 쪼아 먹으면서
날개를 양쪽에 가지고도 날지 못하는 건
양계업자가 가둬놓은 탓이라고 속닥거렸다

참새들과 양계업자는
상대방의 말을 할 줄 아는
자유로운 영혼을 지닌 신강화학파지만
모이를 주는 양계업자와
모이를 슬쩍하는 참새들은
닭들에 관한 한 입장이 너무나 달라서
말하지 않고 지냈다

장사치들이 신강화학파라면 무조건 믿으며
닭값을 제대로 쳐주었으므로
양계업자는 늘 표 나게
신강화학파로 행세하면서도 닭들을 막 대했고
참새들은 신강화학파답게 닭들을 가엽게 여겼다

어느 날 계사에 들어간 참새들이
닭들 사이에서 모이를 쪼아 먹다가
슬금슬금 날갯짓하는 법을 가르쳐주기 시작했다
양계업자가 우연히 그 광경을 목격하고는
참새들이 나타나기만 하면 참새들의 말로 외쳤다
후여후여!

호박

내가 호박씨를 심을 땐
온 식구가 호박을 맛있게 먹게 하기 위해서다

결혼하기 전에는 어머니가
호박잎이 나면 호박잎을 쪄서 쌈 싸 먹게 하시고
애호박이 나면 애호박을 넣어 된장 끓여서 먹게 하시고
늙은호박이 나면 늙은호박을 썰어 범벅해서 먹게 하셨지만
결혼한 후로는 아내가 지금까지 그리하고 있다
시골에 내려와서는 아내가 그리 계속하도록
내가 둔덕에다 호박을 기르고 있다

아버지도 호박씨를 심으셨는데
온 식구가 호박을 맛있게 먹도록 하기 위해서였을 게다

그 시절 어머니는
호박잎을 따려고 저물녘을 기다리셨겠지
아내는 저물녘에 딴다 호박잎엔 산그늘이 비친다
어머니가 따셨던 호박잎에도 산그늘이 비쳤던가

애호박을 따려고 아침을 기다리셨겠지
아내는 아침에 딴다 애호박에는 이슬이 송골송골하다
어머니가 따셨던 애호박에도 이슬이 송골송골했던가
늙은호박을 따려고 늦가을을 기다리셨겠지
아내는 늦가을에 딴다 늙은호박에는 햇빛이 득실거린다
어머니가 따셨던 늙은호박에도 햇빛이 득실거렸던가

신강화학파 전직 농부

마을에 사달이 나면
까치들이 먼저 알아도
농업을 파하고 와병하는
어르신네 가까이에선 우짖지 않았다

어르신네가 어릴 적에
까치집 짓는 법을 알려고
은행나무 꼭대기까지 올라와 구경하고
까치밥 먹는 법을 알려고
감나무 꼭대기까지 올라와 구경하다가
그만 까치들과 말을 트는 사이가 되어
아무 때나 너나들이하여
온 마을을 시끄럽게 했다
그 통에 이웃들한테 꾸중을 들었으나
까치들만의 건축과 식사의 비법을
일체 발설하지 않았으며,
그 일로 해서 자신도 모르게
까치들한테서 신강화학파로 경칭된 어르신네는

까치들과 친하게 지내는 가운데
집과 양식을 가장 소중히 여기는
농부가 되었다는 설화가
까치들 사이에 떠돌았다

평생 농사를 짓다가 몸져누운 어르신네 소식을
까치들이 서로 알린 뒤
은행나무와 감나무에 모여 앉았어도
함부로 우짖을 수가 없었다

목화

여기 목화가 있네.
목화가 어디 있어?
산책길 밭가에서
아내가 반색하며 손가락으로 가리킬 때
나는 뜬금없이 입안에 침이 돌았다
아이 적에
어머니가 목화밭 매러 갈 적이면
얼른 따라붙곤 했었다
심심한 입 달래줄 감로수가 없던 시절이었다
내가 목화열매 따서 씹으며 달착지근한 물맛을 즐기면
어머니는 이불솜이 모자라게 된다며 야단치셨다
이제 집집마다 목화밭 가꾸지 않으니
목화열매 따서 씹으면 달착지근한 물맛을 즐길 수 있다는
걸
아는 아이도 없겠지
가난했던 시절부터 심어온 저 목화는
나를 가난한 처지 된 사람으로 알고
산책길 밭가에 돋아나

오래된 추억을 떠올리게 하는가
나와 아내는 목화를 바라보며
귓속말을 주고받았다
우리 못사는 편인가?
우리 못사는 편 아냐.

신강화학파 대리경작자

내가 논농사를 지을 줄 몰라
옆 논 주인에게 부탁했다
나는 한 마지기, 옆 논 주인은 열 마지기,
논물이 찰랑거리는 수면에
허공이 한없이 넘쳐흘렀다
날개 위에도 허공이 있고
날개 아래에도 허공이 있어
맴돌기만 하던 왜가리 한 마리가
활공비행해서 내려왔다가 올라가곤 하자,
자신의 몸을 떠났다가 돌아오는 혼령을 맞이하는 듯
옆 논 주인은 두 눈을 껌벅껌벅했다
논농사를 대신 지어주겠다는 주민이
아무도 없는 마을에서
옆 논 주인은 대리경작을 해줄 테니
비용을 많이 달라고 요구했다
나는 옆 논 주인을 순정한 신강화학파로 단정했다
별별 언행을 다하고 다니는 신강화학파 중에서
금전에 관하여 솔직하게 말하는 이는 옆 논 주인뿐이었다

나는 논 한 마지기, 옆 논 주인은 논 열 마지기,
논물이 찰랑거리는 수면에
허공이 한없이 넘쳐흘러서
다시 자신의 몸을 떠나는 혼령을 붙잡으려는 듯
옆 논 주인이 먼저 성큼성큼 걸어 들어가고
내가 덩달아 성큼성큼 뒤따라 들어가니
왜가리 두 마리가 훨훨, 훨훨, 날아와 논에 앉았다

시금치

햇빛과 바람이 어른거리던 어느 해
삽과 괭이와 호미로만 텃밭 갈고
시금치 길러 쌈 싸 먹게 해주셨던
장인이 저세상으로 가신 지 오래

햇빛과 바람이 출렁거리는 올해
아내가 텃밭에서 시금치씨 뿌리고 풀 맨다
시금치가 자라면 쌈 싸 먹을 거란다
청년이 된 아들이 어렸을 적에
외할아버지가 손바닥보다 크게 기른 시금치로
쌈 싸 먹었던 기억이 난다며 입맛 다시자
아내는 꼼꼼하게 밭일한다

햇빛이 바람 일으키고
바람이 햇빛 내뿜으면
나이 든 아들이 이 텃밭 찾아와서
삽과 괭이와 호미로만 갈아
시금치씨 뿌리고 풀 맬지 알 수 없다 싶은 날,

외가에서 내림 된 일솜씨로 미루어 짐작해 보면

햇빛과 바람 속으로

다음번엔 누가 더 올 것도 같다

신강화학파 순무농農

땅 위에서 사는 농부는
해마다 밭을 갈아
순무씨를 뿌리고
땅속에서 사는 지렁이들은
농부의 밭에 올 때마다
순무씨 옆에서 꿈틀거렸다

지상에는 농부가 삼켰다가 뱉은
햇빛과 바람이 가득하고
지하에는 지렁이들이 먹었다가 토한
흙과 물기가 가득하여서
순무가 잘된다고
신강화학파가 주장했다
일리 없지 않은 것이
같은 밭이랑에서 같은 맛을 지닌 순무를 만들어
신강화학파와 나누고 싶었던
농부는 지상에서 햇빛과 바람을 삼켰다가 뱉고
지렁이들은 지하에서 흙과 물을 먹었다가 토했던 것이다

농부와 지렁이들은 직접
의사소통할 수 있는 신강화학파였으나
맞대면하지 않은 채
각자 땅을 잘 사용하였다

살구

뒷밭에 떨어진 살구를
그냥 지나치지 못하고
아내가 한 주먹 주워
집에 가져왔다

뒷밭 주인은 부재지주,
이따금 마주치면
밭을 갈아먹기 힘들어
살구나무를 심었는데
누가 사그리 훔쳐 가는지
한 알도 맛보지 못한다고
나에게 말하곤 했다
거름을 제대로 해주지 않아서
살구나무가 살아남으려고
비바람 치는 때에 맞추어
열매를 흙바닥에 떨어뜨리는데
주워야 하는 밭주인이 없고 해서
흙이 썩히고 벌레들이 분해한다고

설명하려다가 입 다물곤 했다

아내가 살구를 물에 헹구고
상한 과육을 도려낸 후
그릇에 담아서 내놓았다
내가 먹는 걸 뒷밭 주인이 알고
나를 그간의 도둑으로 취급한다 해도
살구를 제자리에 갖다 놓고 싶지 않았다

신강화학파 벼농사꾼

개구리들은 논임자와 마주치고 싶어 하지 않는다
논을 지켜주는 개구리들을
귀히 여기려 들지 않으니
논임자가 일하는 낮엔 잠잠하다가
귀가한 저녁에만 와글거린다
개구리들의 잡말을 간추려 보면
다 같은 신강화학파인데도
논임자는 남의 말에 귀 기울이지 않는 늙은 농사꾼,
도무지 말이 통하지 않는다는 것이다
주민들 모두 잠을 잘 때에도 개구리들은
달을 쳐다보면서
벼가 일찍 고개 숙일지 늦게 고개 숙일지 짐작하고
별자리를 세면서
논에 익조가 날아올지 해조가 날아올지 가늠하는데
논임자는 도통 관심이 없다는 것이다
그러나 그건 건방진 생각,
개구리들이 전혀 모르는 일이 있다
집에 온 논임자는

개구리들의 뒷공론에 신경이 쓰여 잠 못 이루다가

구름을 살피면서

내일 비가 오면 개구리들을 위해 논물을 빼야 할지 놔둬야

할지 고민하고

바람을 느끼면서

올해 가뭄이 들지 홍수가 날지 개구리들을 위해 걱정한다

부추

몇 해 전 부추를 살 때
단을 넉넉히 묶어주지 않아서
인정 없는 이웃으로 여겼던 아주머니가
올해 부추를 거저 주었다
며느리가 도망쳐서
그동안 아들과 손자에게 밥해주고 왔다는
이야기도 곁들였지만
배경은 설명하지 않았다
칭얼거리는 갓난아기를 포대기에 싸 업고
부추 밭둑 오가며 잠재우던 앳된 며느리를
멀리서 본 적 있어
해마다 베어도 베어도 자라는 부추를
이웃 간에 나눠 먹지 않을 정도로
시어머니가 인심 사나웠으니 집 나갔겠지
멋대로 속생각했다
올봄에 텃밭에 부추씨를 뿌렸으나
아직 먹을 수 없는 차에
부추 뿌리도 캐줄 테니 심으라고

아주머니가 한마디 더하는 바람에

며느리가 곧 돌아올 테니

가만히 기다리시라고 덕담했다

신강화학파 수로 관리자

들판에 동서남북으로 이어진
수로를 돌아다니는
수로 관리자와 붕어들이
대화를 할 줄 안다 해서
신강화학파로 통한다
물 밖에서 수로 관리자가
손바닥으로 수면을 찰방찰방거려
붕어에게 말을 걸면
물속에서 알아들은 붕어들이
공기방울을 보글보글 올려 보내어
수로 관리자에게 응답한다
어느 논에 물이 들어가는지
어느 논에서 물을 빼는지
서로 정보를 주고받으며
수로 관리자는 수문을 개폐하고
붕어들은 수위에 맞춰 옮겨 다닌다
수로 관리자는 물 밖에서
붕어들은 물속에서

서로 도우며 따로 사는 건
이 세상에 물이 없으면
피차 양식을 구하지 못하는
신강화학파가 된다는 걸
잘 알기 때문이다

쑥갓

내가 쑥갓씨를 뿌린 건
상추쌈을 쌀 때 곁들여
더 맛있게 먹기 위해서였으나
쑥갓을 다 뜯어 먹지 못했다

사람이 씨 뿌려서 거둬 먹는 채소가
밭에 남으면 벌레에게 갉아 먹히고
그중 남은 채소는 꽃을 피워서
사람의 눈길을 사로잡는다
자신은 잉여가 아니라는 듯이

쑥갓도 꽃대를 뽑아 올려서
꽃을 피우고는 한들거렸다
나는 푸른 잎을 먹기보다는
노란 꽃을 보는 것이
더 좋겠다는 생각을 하다가
채소의 개화는 다 거둬 먹지 않은 사람을
희롱하는 몸짓이란 생각도 하였다

나는 텃밭에 나갈 때마다
쑥갓 꽃을 바라보면서
잉여가 아름다워지는 경우를
이해하는 처지가 되어 버렸다

신강화학파 양봉가

꽃이 피기 시작하자
뒷산기슭에 벌통을 갖다 놓은
양봉가가 나를 찾아와서
신강화학파라고 자기 소개하였다
신강화학파로 자칭하는 이들 중에는
겉멋 든 자도 있으므로
나는 건성으로 들었는데
양봉가가 돌아섰을 때
큰 꽃 한 송이가 확 피어오르고
꿀벌들이 몰려왔다
깜짝 놀란 내가
양봉가를 불러 돌려세웠더니
큰 꽃 한 송이가 싹 시들고
꿀벌들이 흩어졌다
그래서 진짜 신강화학파로 알고
내가 고개 숙여 인사했더니
양봉가가 당부하기를
이 주변에는 잡화雜花가 많아

꽃들이 피면 찾아오는 꿀벌들이
꽃들이 지면 떠날 테니
그때 부디 섭섭지 말고
자기도취하여 지내시라는 것이었다
다시 양봉가가 돌아섰을 때엔
나에게서 꽃송이 송이송이 피어나고
꿀벌들이 떼 지어 날아와 잉잉거리며 꿀을 빨았다
양봉가는 벌통이 나란한 뒷산기슭으로 올라갔다

산딸기

수도원 올라가는 길섶에
모다기모다기 달린 산딸기를 보고
아내가 따자는 걸
제초제 쳤을지도 몰라서 만류했다

며칠 뒤 아내가
산딸기 한 바가지를 들고 와서는
같이 딴 이웃한테 들은 말을 전했다
길섶 주변 밭주인들이
절대로 제초제 치지 않는단다
해마다 산딸기가 익을 무렵이면
늙으신 수녀님들이 와서
다 따 가시기를 기다린단다
그런데 어찌 된 일인지
금년에는 아직 오시지 않는단다

밭주인들이 해마다
산딸기를 따 먹으려고

제초제 치지 않다가
어느 해인가 길섶에다 고개 숙이고
한 알 한 알 따시는 늙으신 수녀님들에게서
자신들의 후생後生을 보고는
배가 고프지 않았으리라고
나는 내 멋대로 추측하면서
그리고 늙으신 수녀님들이
부디 이 세상 떠나시지 않았기를 바라면서
아내보다 먼저 몇 알 맛있게 씹어 먹었다

신강화학파 정원사

신강화학파한테 받아들여지기 위하여
매미들이 날아들지 못할 수종樹種만
정원사는 정원에 많이 심었다

오래 사는 인간에게 불만을 토하는 매미들이나
자신의 생이 짧아서 우는 매미들을
신강화학파가 싫어한다는 정보를 익히 들어온
정원사가 꾸밀 수 있는 최선의 풍경이었다

매미들이 날개를 펴자마자
처음으로 날아가 앉아 울고픈 나무들을
그 그늘 아래 둘러앉아 담소를 즐기는
신강화학파는 기르지 않는다는 사실을 알고
아무 데서나 시끄럽게 굴지만
정원사는 들은 척도 하지 않고
집집마다 다니며 정원수를 보살폈다

그러구러 신강화학파로 받아들여진 정원사는

그러나 매미들이 잘 날아드는 수종을
정원에서 키우기를 원하는 주민이 있으면
물론 심어주었다, 직업이었으므로

토란

우리 집 앞 자드락길 지나가는
행인들에게 잘 보이는 마당 귀퉁이에
토란을 여러 포기 심었다

비가 토란잎 위에 물방울로 구르는 걸 보고
토란잎을 꺾어 우산으로 쓰고 싶도록
햇빛이 토란잎 아래 그늘을 만드는 걸 보고
토란잎을 꺾어 양산으로 쓰고 싶도록

나는 아이 때 어느 해 뒤란에서
옹기종기 자라는 토란을 보았다
토란국을 먹고 싶어 하는
가족을 위해 심었을 텐데
나는 밥상에 오르기를 기다리기보다
비가 올 때 토란잎을 꺾어 우산으로 쓰고
빗속을 드나들며 놀았고
햇볕이 내릴 때 토란잎을 꺾어 양산으로 쓰고
햇빛 안팎을 넘나들며 놀았다

우리 집 앞 자드락길 지나가는 행인들은
산으로 마을로 놀러 오가는 사람들,
비에 젖어 걷고 싶어 하지 않을 것 같기에
토란잎을 꺾어 비를 가리도록
햇볕에 쬐어 걷고 싶어 하지 않을 것 같기에
토란잎을 꺾어 햇빛을 가리도록
행인들에게 잘 보이는 마당 귀퉁이에
토란을 여러 포기 심었다

신강화학파 오이농農

이규보 옹과 이건창 옹이
오랜만에 만나 술을 마시고 있으니
오이농장 주인더러 안주로 오이를 가지고
놀러 오라는 전갈을
개미들을 통해 보내왔다

농사지으며 살기가 무미건조한 늘그막에
인생의 참 의미를 찾을 수 있을라나 싶어
자진해서 신강화학파에 들어갔던 오이농장 주인이
이름깨나 날리는 작자들을 두루 만나
통성명해 봤으나 시시껄렁하던 참에
가장 뵙고 싶은 대문장가
이규보 옹과 이건창 옹의 부름을 받은 것이었다
인생의 참 의미를 알아볼 절호의 기회였다

오이농장 주인이 대문장가 두 분에게
물 좋은 오이를 따다 드리려고 고르다가
맛을 보고 있는 개미들을 발견하였다

개미들이 오이가 얼마나 맛있길래

이규보 옹과 이건창 옹이

안주로 먹으려고 하는지 궁금해서라고 변명했고

마음이 급한 오이농장 주인은 말없이 오이를 따서

얼마나 걸릴지 모를 길을 개미들에게 재촉했다

산수유

적막한 봄날, 새집 마당가에
또 산에서 몰래 캔 산수유를 심었다
터를 닦고 다지느라 베어낸
옛집 마당가 산수유도
적막했던 봄날, 산에서 몰래 캐다 심었었지
생각해 보니
지난번 산수유를 캔 자리와
이번에 산수유를 캔 자리가 같았다
지난번에 산수유를 도둑맞아 텅 빈 자리에
산이 산수유의 열매를 품어 싹을 냈을까
이번에도 산이 그리하겠지
그러고 보면 나는 도둑
봄날에 적막하면
산수유 훔치는 도벽을 가진 상습범,
산수유는 그런 나를 안타까워해서
노란 꽃망울을 일찍 터뜨리고 일찍 졌을까
다신 캐다 심을 일이 생기지 않기를 바라며
앞으론 봄날이 오기 전부터

산을 바라보고도 즐거워하도록 마음 가다듬어야겠다

신강화학파 33인 야담野談, 후편後篇

강화에서 유명한 인물이라는
신강화학파 33인에 관하여
나에게 물으러 왔던 주민들이
문득 자신들을 세어 보곤
33명이라는 걸 알았다

내가 싱긋 웃어주었더니
주민들은 신강화학파 33인으로 자처하고
아무 밭에나 뛰어 들어갔다
갑자기 흰콩들이 튀었다
이 광경을 구경하다가 도취한
주민들이 또 신강화학파 33인으로 자처하고
아무 밭에나 뛰어 들어갔다
갑자기 들깨들이 튀었다
이 광경을 구경하러 자꾸자꾸 모인 주민들이
자꾸자꾸 신강화학파 33인으로 자처하여
아무 밭에나 뛰어 들어가니
갑자기 밭곡식들이 알알이 여물었고

이 광경을 구경하러 모이기만 하면
강화에선 모두가 신강화학파 33인이 되었다

새로 생겨나는 신강화학파 33인마다
나를 끼워 넣으려고 했으나
인원이 초과한다고 지적하자
그 즉시 안면을 바꾸었다
다시는 나를 찾아와서
강화에서 유명한 인물이 누구누구인지
아무도 묻지 않았다

오이

텃밭에 오이를 심고는
섶을 세워주지 않으니
덩굴을 뻗어 올리지 못한 채
꽃 피우고 열매 맺었다

내가 몇 개나 열매를 따 먹자,
이웃이 오며 가며 보다가
오이가 얼마나 힘들어할지
생각해 봤느냐고 소리쳤다

이웃집 밭에 가서 보니
오이가 덩굴손으로
섶을 잘 붙잡고
덩굴을 뻗어 올린 채
열매를 많이 달고 있었다

내년엔 오이를 심기 전에
섶부터 만들어야겠다고 작정하며

텃밭으로 돌아와 오이에게 미안해하는 순간
팔다리에서 덩굴이 돋아나서
내가 쩔쩔매자
오이가 노란 꽃을 톡, 톡, 피워댔다

신강화학파 이장里長

매화꽃이 핀 봄날에
이건창 옹 앞에 앉아
내가 한시 공부하는데
주민투표에서 신강화학파의 몰표를 받은
신임 이장이 찾아왔다

들어보니 별일 아닌데
신임 이장으로서 남길 업적이라 생각했는지
이건창 옹에게 청을 했다
매화꽃이 지기 전에
신강화학파와 매실주 한잔하며
한시 한 수 들려주시지 않겠습니까?

암행어사로 나갈 시대가 아니라서
몹시도 심란해하던 이건창 옹이니
당연히 수락하리라고 여겼는데
단호하게 거절했다
신강화학파와 어울려서

술이나 마시고 시나 읊을 때가 아니네.
매화꽃이 피어도
주민들은 밭에서 일하는 때가 아닌가?

신강화학파에게 중요한 일이라
나도 은근히 거들었더니
이건창 옹이 카랑카랑하게 쏘아붙였다
이장이 살펴 해야 하는 마을일에
주민이 나서면 어찌 되는가?
신임 이장이 몸 둘 바를 몰라 하다가 돌아갔다

마거리트꽃

아내가 마거리트 수십 포기를
이웃에게 얻어 와서
집 둘레에 심어두었더니
하이얀 꽃들 피어나며
공중을 화알짝 열어젖혔다가
하이얀 꽃들 지며
공중을 스르르 닫았는데
딱 한 송이만 시들지 않았다

마거리트 수십 포기를 지켜보는 동안
아내를 둘러싼 공중이 수십 번
열렸다가 닫히는 걸 느끼면서
딱 한 송이가 왜 더 오래 피어서
공중을 열어놓고 있는지
나는 의문을 품었다

마을길가에 논둑밭둑에 둔덕에
개망초들이 흰 꽃들을 수없이 피워

아내를 둘러싼 공중을 수없이 열어젖히자,
마거리트 딱 한 송이가 졌다

그 순간 아내가
수없이 많은 아내로 바뀌어서
수없이 많은 공중에 가득 찼다
마거리트 딱 한 송이가 왜 더 오래 피어서
공중을 열어놓고 있었는지
나는 저절로 해답을 알아버렸다

신강화학파 밤농農

이웃 중늙은이가 나를 찾아와 고민을 털어놓았다
이건창 옹이 제사상에 올릴 밤을 팔라는데
돈을 받아야 하나 말아야 하는 문제였다
신강화학파인 처지에 셈이 밝다면
이건창 옹이 낮추어 볼 테고
밤 농사꾼인 주제에 선심을 쓴다면
이건창 옹이 불편해할 테니
저장고에 팔 밤이 없다고 하면 어떻겠느냐고
내가 권했다

다음 날 이웃 중늙은이가 다시 나를 찾아와
이건창 옹의 말씀을 들려주었다
가업을 잇게 한 밤나무들은
강화에만 부는 바람에 흔들리고
강화에만 내리는 햇볕에 쬐어서
잎이 무성하고 밤 맛이 맑으니
댁의 선조가 길러서 딴 밤을
나의 선조가 즐겨 먹었을지도 모르기 때문에

새로이 밤이 열려서 익을 내년까지
아예 제사를 미루겠다는 것이었다

아, 어제 내가 조언을 잘못했다는 걸 알았다
강화에서 대대로 밤 농사꾼으로 살아왔으니
당연히 신강화학파로 높이 사주어
이웃 중늙은이로 하여금
밤농사 더욱 잘 짓게 하려는
이건창 옹의 깊은 속내를
나는 겨우 알아차리고는
알밤을 갖다드리고
제값을 받은 뒤 덤으로 더 건네라고
이웃 중늙은이에게 권했다

수수

내가 옛집으로 돌아온 늦봄에
옆 동네 노인을 산비탈 밭둑에서 만났다
한쪽 다리 저는 그는
리어카에 수수모종을 싣고 와서
산비탈 밭에 심으려 하고 있었다

오랜만이라서 반갑게 인사했으나
그는 나를 멀뚱하게 쳐다보다가
한참 만에 알아보고는 히 웃었다
수 수 를 심 으 면 새 들 이 꼬 여 서
아 주 망 치 게 된 다 고 사 람 들 이 말 리 지 만
새 가 먹 든 사 람 이 먹 든 심 긴 심 어 야 겠 시 다
말이 어눌한 그가 더 나를 상대하지 않고
밭두둑에 수수모종을 심기 시작하기에
나는 산비탈 밭에서 돌아섰다

옛집 거실에 앉아 있으면
옆 동네 노인이 심은 수수가 보였다

새도 먹을 수 있고 사람도 먹을 수 있는
많고 많은 밭작물 중에 하필 수수를 택한 올해,
바로 서서 흔들리면서도 쓰러지지 않는 수숫대에서
그는 한쪽 다리만 성한 자신의 모습을 보겠다

신강화학파 원예농農

이규보 옹을 뵈러 가는 날
이웃 아저씨를 찾아가서
비닐하우스에서 기르는 채소를 얻었다
국 끓여 먹을 시금치 아욱 각 한 단씩
쌈 싸 먹을 상추 쑥갓 각 한 단씩

이웃 아저씨가 신강화학파 중에서도
채소를 가장 잘 키우는 농부여서
씨앗을 뿌리기만 하면
발아율이 백퍼센트였다
이웃들이 비법을 가르쳐 달라 부탁했을 때
강화의 물을 충분히 주고
강화의 햇볕을 충분히 쬐면 된다고
이웃 아저씨가 설명했는데
신강화학파에 회자했다

마침 심심파적으로 텃밭을 매고 있던
이규보 옹에게 채소를 드리며

이웃 아저씨의 영농법을 소개했더니
시금치 아욱을 들고 킁킁 냄새 맡고
상추 쑥갓을 뜯어 쩝쩝 맛보며
과연 신강화학파라며 주억거렸다

집으로 돌아오는 길에
이웃 아저씨의 비닐하우스에 들러
이규보 옹이 한 칭찬을 들려주었더니
한마디 하는데
이웃 아저씨는 역시 신강화학파였다
강화를 떠나서 먹어도 제맛이 나네.

감나무

나무들 중에서 가장 심고 싶은 나무로
나는 감나무를 꼽는다

혹자는 흰 꽃을 피우는 목련나무라지만
잎 없이 꽃을 피우고
혹자는 붉은 열매를 맺는 산딸나무라지만
열매를 따 먹을 수 없고
혹자는 노랗게 단풍 드는 은행나무라지만
울긋불긋하게 단풍 들지 못하는데
감나무는
잎 우거진 가지에 흰 꽃도 피우고
붉은 열매도 따 먹을 수 있고
울긋불긋하게 단풍까지 든다

감꽃이 필 땐
자식이 마당에서 뛰놀 때 피고
감이 익을 땐
아내가 부엌에서 밥할 때 익고

감잎이 단풍 들 땐
남편이 집 안에서 웃을 때 단풍 든다고
나는 믿는다

내 오랜 희망사항 중에는
감나무 여러 그루 심을 수 있는
뒤란을 넓게 마련하는 일도 있다

신강화학파 염부鹽夫

염전에서 한평생 일한 상노인은
천일염 한 자루
이건창 옹에게 드리고
시 한 편 받는 일이
마지막 소망이었다
오로지 시를 쓰면서
워낙에 청빈하게 사느라
소금 안주도 없이 술을 마신다는
소문이 들려올 때마다
한없이 송구스럽던 상노인이었다
아무리 시를 잘 써도
먹고살 수 없기는
조선국이나 한국이나 마찬가지라니,
하기는 바닷물을 가둬 햇볕과 바람에 말려온
상노인 자신도 마찬가지라는 생각이 들자
천일염 한 자루
트럭에 싣고 가서 독에 붓고
이건창 옹 앞에는

한 종지 담아 안주로 내놓고
시 한 편보다는
술 한 잔 받고 싶었다
그 소망을 이루기 전에
이건창 옹이 천일염을 사러 왔기에
그냥 드렸다

콩

이웃집에 콩을 터는 주말 오후
서울서 다니러 온 열댓 살 손자가
할아버지와 함께 도리깨질하는 광경을 본다
할아버지가 자루 잡고 회초리를 휘익 돌리면
온 들판이 딸려 왔다가 떨어져나가고
그 순간 탁 내리치면
콩들이 와르르 쏟아지지만
손자가 자루 잡고 회초리를 휘익 돌리면
허공이 감겨 왔다가 풀려나가고
그 순간 탁 내리쳐도
꼬투리들이 터지지 않는다
손자가 볼멘 표정을 지을 때
할아버지가 입을 다물고 또 도리깨질하면
콩들은 튀었다가 또르르 손자의 발치에 굴러 모인다
나는 그 광경을 바라보면서
콩들이 왜 그러는지 생각해 본다
새도 먹고 벌레도 먹고 사람도 먹도록
세 알씩 심던 마음 그대로

할아버지가 도리깨질해서일까
손자가 할아버지의 도리깨질을 짓시늉하는 주말 오후
나도 세 알씩 심기는 했으나
새를 쫓고 벌레를 죽이고 사람을 멀리했으니
텃밭에서 콩을 거두어 도리깨질하면
잘 털릴지 걱정한다

신강화학파 마늘농農

강화에선 여러 농사 가운데서
씨를 심기 전에
딱 여섯 배로 수확할 수 있다는 사실을 알고
시작하는 게 마늘농사였다
한 쪽을 심으면 육 쪽이 나는 육쪽마늘,
가을 농번기 끝날 무렵 심어놓으면
겨울 농한기 내내 땅이 키워주기에
초로의 남자가 선호했다

초로의 남자는 신강화학파에게
마늘종을 뽑아선
한 단씩 반찬거리로 돌리고
햇마늘을 거두어선
한 접씩 양념거리로 돌리면서
전국에 내리는 햇볕과
전국에 부는 바람이
강화에 모여 들끓다가
마늘밭에서 한꺼번에 사그라지니

육쪽마늘을 장복하면
강화에 햇볕을 내리게 하고
강화에 바람을 불게 하는
강한 힘을 지니게 된다고 너스레를 떨었다

초로의 남자도 물론 신강화학파였지만
그의 말은 강화를 유별난 곳으로 오해하게 해서
외지인들이 기를 받으려고 모여들 수 있다는 이유로
날마다 일손 잡고 지내고픈 신강화학파에게 외면당했다

고구마

길쭉한 고구마를 들고 온 이웃은
비가 많이 와서 이리됐다고 설명했고
볼품없는 고구마를 들고 온 이웃은
거름 많이 한 땅에 심었더니 이리됐다고 변명했다
나는 고구마를 삶아 껍질을 벗기다가
산책길에서 봤던 광경을 떠올렸다
낯선 중년부부가 다 캔 고구마밭을
호미로 뒤적거리고 있었다
흔한 고구마를 얻어먹을 이웃이 없다면
외지에서 들어왔을 텐데
남이 거두지 못한 이삭만 주워서
군입거리나 땟거리로 삼는다면
이 마을에서 지내는 동안 허기지진 않을 것이다
길 가다가 떨어진 열매가 눈에 띄면
아무리 보잘것없어도 일단 줍는 것이
시골에선 너무나 당연한 일이긴 해도
고구마를 거저 주고받을 수 있도록
낯선 부부가 애써야 이웃이 생긴다고

넌지시 말해주지 못해 찜찜했다
속노란고구마*는 숙성시킬수록 맛이 난다던
이웃들의 이구동성이 정말인지 궁금해하며
나는 뜨끈하고 무른 속살을 한입 물었다

* 속노란고구마는 강화도 특산품이며, 찌거나 구우면 속이 노란 특색을 지니고 있다.

신강화학파 농장주

늦가을 비가 와서 싸늘한 날
미나리꽝 농장주는
캄보디아인 노동자 두 사람이
숙식하는 조립식 판넬 기숙사에
화목보일러를 놓았다

머지않아 미나리꽝에 살얼음이 얼 것이다
이제부터는 일거리 없는 농한기,
까놓고 말해 농사일로는
돈을 벌 수 없는 겨울철이지만
농장주는 자신이 필요해서 채용한
캄보디아인 노동자 두 사람에게
내년 농번기가 올 때까지
한 달도 **빼**지 않고 봉급 줄 계획을 세웠다

근동 주민들 중에는
미나리꽝 농장에서 일할 사람이 없으므로
캄보디아 노동자 두 사람이

미나리를 베어 주어야
일 년치 양식을 마련할 수 있다는 걸
농장주는 잘 알고 있었다

캄보디아인 노동자 두 사람은
날마다 산에 올라 죽은 나뭇가지를 베어와
화목보일러에 마음껏 넣고 불을 때면서
조립식 판넬 기숙사에서 봄철까지 따뜻하게 났다

산국

서늘하고 답답하고 적막한 늦가을에
노란 꽃을 피워 놓고
자드락길에서 산책하는 나를 멈추게 하던 산국을
삽으로 뿌리째 떠와
새로 거름을 낸 텃밭에 심었다

내 마음대로 옮겨놓은 짓거리가 못마땅했는지
산국이 시드는가 싶더니
이내 꽃을 더 노랗게 피우고는
집 안팎을 들고 나는 나를 또 멈추게 했다

내가 산국을 옮겨 심은 건
꽃을 더 많이 피우게 하기 위해서였고
꽃을 더 많이 피우게 하려 한 건
오래오래 바라보기 위해서였지만
산국이 나를 멈추게 한 까닭은
꽃을 더 많이 피우기 위해서였을까

노란 꽃을 떼거리로 피운
산국 앞에 서 있기만 하면
나는 커지고 높아지고 넓어져서
자드락길에서 산책하지 않고도
집 안팎을 들고 나지 않고도
늦가을을 잘 넘겼다

신강화학파 상여꾼

우리 집 뒷산 공동묘지 오르는 길섶
낡은 곳집에 들른 이웃동네 사내를 보고
신강화학파로 직감했다
왜냐하면 이웃동네 사내가 찾아오는 날
딱따구리가 뒷산에서 나무를 쪼면
요령소리가 났기 때문이고
바람이 뒷산을 지나가면
상엿소리가 났기 때문이었다
이웃동네 사내에 대해 여러 궁금한 점이 많았지만
신강화학파는 무명無名으로 존재해야 한다는
내 나름의 경외심으로
통성명하지 않았다
젊어서 멨던 상여를 늙으니 타려는가
탈 때를 알아서 준비하러 왔는가
이웃동네 사내가 낡은 곳집에서 떠난 뒤에
어디선가 요령소리 상엿소리 아득하게 들려왔다
우리 집에서 귀를 기울이면
뒷산에 날아다니는 딱따구리가 앞소리를 내고

뒷산에 멎은 바람이 뒷소리를 냈는데
공동묘지 내려가는 이웃동네 사내를 바라보면
혼자 앞소리를 메기고 혼자 뒷소리를 받았다

약쑥

이른 봄 어느 날
아내가 호미로
논둑에서 쑥을 뿌리째 캐어와 다듬길래
무얼 하려는지 보고 있으니
쑥떡을 해서 이웃 노인들에게 돌리겠단다
이웃 노인들은 기운 나서 논물 살피러 잘 오가겠다

봄 깊어가는 어느 날
아내가 칼로
밭둑에서 쑥을 줄기째 베어와 다듬길래
무얼 하려는지 보고 있으니
쑥국을 끓여서 식탁에 올리겠단다
나는 기운 나서 자주 풀 매러 밭에 드나들겠다

늦은 봄 어느 날
아내가 손으로
산기슭에서 쑥잎만 뜯어와 다듬길래
무얼 하려는지 보고 있으니

깨끗하게 말려서

손바닥에 뜸을 해 병을 다스리겠단다

아내는 기운 나서 수월하게 산을 오르내리겠다

신강화학파 산역꾼

무덤을 만들어주고 먹고사는 육순 사내는
신강화학파란 없다고
거두절미했다

그리고 반문했다
묘혈을 파다 보면
모든 인간의 넓이가 같고
하관을 하다 보면
모든 인간의 깊이가 같고
봉분을 올리다 보면
모든 인간의 높이가 같은데
신강화학파가 그걸 알겠느냐고

논밭에서 곡식을 키워 먹고사는 신강화학파가
그런 걸 알 리가 없겠지만
신강화학파라면 당연히 알아야 할 점이니
당신이야말로 신강화학파라고
내가 맞대꾸했더니

육순 사내가 달구소리로 대꾸질했다

어허라 달구, 신강화학판들 죽지 않으시꺄?
어허라 달구, 죽지 않으면 신강화학파 아니시다.
어허라 달구, 신강화학파 아무리 많다 해도
어허라 달구, 세상엔 산 자 죽은 자뿐이시다.

잔디

잔디를 심고 나니
이웃들이 오가며 한마디씩 하기를
잔디 살리기가 쉽지 않아
실패한 집이 많으니
황토를 뿌려주어야 한다느니
비료를 주어야 한다느니

내가 날마다 물을 주어서
잔디를 파랗게 길러놓으니
이웃들이 오가며 또 한마디씩 하기를
잔디는 잘 깎아주어야 하는데
낫으로 베면 들쭉날쭉하다느니
예초기를 돌리면 작살난다느니

농사일이 서툰 나는
일손이 빠른 이웃들에게
눈총 받고 싶지 않아
집 둘레 빈 터를

텃밭으로 갈지 않고
마당으로 만들었던 것이다

나는 양손전지가위로 잔디를 깎았다
가위질이 고르지 않았지만
잔디밭,
그 속에 지렁이가 기어 다녔고
그 틈에 잡풀이 돋아났고
그 위로 두꺼비가 저물 무렵 나왔다

신강화학파 새댁

강화에 시집오자마자
새댁은 신강화학파로 불렸다
이방인을 쉬 받아들임으로써
한국에 길들이지 말고
저 살아온 대로 살게 하자는
신강화학파 나름의 배려였다
새댁은 한국말로
인사말밖에 못하는데도
신강화학파로 대접받는다는 게
어떤 의미인지 몰랐지만
시댁에서도 친정에서와 마찬가지
밭에 채소 기르고 마당에 가축 기르고
집 안에서 밥하고 빨래했으니
일하고 먹고 입는다는 점은 같았다
한국식과 베트남식을 구분하지 않고
강화에서 살게 되었을 때
새댁은 또 다른 이방인 누가
이웃에 시집와도

선뜻 신강화학파로 불렀다

신강화학파 여자아이

신강화학파가 되지 않게 해주십시오.
부모 따라 절로 신강화학파가 되고 싶지 않은
이웃 여자아이가 나에게 부탁했다
나를 신강화학파로 보아서일까
나를 신강화학파로 보지 않아서일까
너나없이 신강화학파로 불리기를 원하는 시절,
이웃 여자아이가 자신을 부정하고 싶기에
먼저 나를 부정하려는 것이려니 여겼다
신강화학파가 진정으로 이룬 일이 무엇입니까?
부모에게 하지 못하는 힐문을
이웃 여자아이가 나에게 했다
부모가 신강화학파로 자처하면서
나보다 훨씬 잘 기른 곡식을 맛보게 했겠지만
자식을 뒤따르게 할 능력은 없었나 보다
이웃 여자아이와 내가 가까워진 까닭은
일손이 서툴 때마다 허공을 올려다보다가
서로 눈길을 자주 마주쳤기 때문이었다
농부가 되고 싶지 않은 이웃 여자아이에게

내가 신강화학파로 보이지 않을 이유로 충분했다
나는 겉대답도 군대답도 하지 않았다
아무 대답을 하지 않는 것이 정답인 질문이었다

신강화학파 33인 후일담

평생 한번도 신강화학파로 호명되지 못했던
주민들은 죽을 날이 가까워져서야
허명을 남기지 않은 자신들의 일생이 아름다웠다고
회억했고
평생 신강화학파로 인정받았던
주민들은 죽어서 개개인이 이름을 남기진 못하더라도
무리로 주목받은 자신들의 한때는 충만했다고
회억했다

그들 모든 주민들은
먹고 입고 자는 동안
논일 밭일하면서
앞에서 삿대질하기도 했고
등 돌리기도 했고
뒤에서 욕하기도 했는데
신강화학파가 있어서
시샘하는 재미도 있었고
부러워하는 재미도 있었다는 데엔

대체로 의견일치를 보였다
다만 처음으로 누가 왜
신강화학파로 지칭하여
주민들한테 받아들여졌는지는
서로서로 의문하고 의문했다

지난날 강화에 살았던 어떤 유명 시인이
자신이 잘하지 못하는 논일 밭일을
주민들이 척척 해내기에 우러러봤으나
자신을 전혀 알아주지 않자
환심을 사려고 신강화학파로 존칭했다는
설이 있고
지금도 강화에 살고 있는 어떤 무명 시인이
주민들이 전혀 알아주지 않자
너무 외로운 나머지 수시로
상상 속에서 패를 지어 어울리다가
더 오래 놀려고 신강화학파를 만들어 퍼뜨린다는
설이 있다

한 편의 시에 한 사람의 삶을 담을 때까지

홍승진

1. 인간, 그 단독성의 원천

하종오 시집 『신강화학파 33인』은 『신강화학파』, 『신강화학파 12분파』에 이은 '신강화학파' 세 번째 연작이다. 먼저 『신강화학파』는 하종오식 리얼리즘의 핵심적 방법론인 '아래로부터'의 시적 사유를 통하여, 시인 자신이 발 딛고 살아가는 '지금 여기'에서부터 인간의 현실적 삶을 이해하려 한 시집이었다(홍승진, 「외롭지 않을 수 있는 진실한 행위 — 하종오식 리얼리즘의 서정과 서사」, 하종오, 『신강화학파』, 도서출판 b, 2014). 두 번째 연작시집 『신강화학파 12분파』는 비주류의 목소리를 최대한 증폭시킴으로써, 어떻게 주류 중심의 사회 질서를 느슨하게 만들 수 있을지 모색하였다(홍승진, 「동물의 목소리로 발견되는 단독성」, 하종오, 『신강화학파 12분파』, 도서출판 b, 2016). 첫 번째 시집에서 두 번째 시집으로 나아갈 때 시인은 '학파'에서 '분파'로의 방향을 취하였다. 이는 '아래로부터'의 방법론을 더욱 심화시켜서, 비주류 혹은 이단적 존재에 더 주목하려는 시도라고 할 수 있다. 그리하여 시인은 비주류와 주류 사이의 구분 자체를 허물어트리고자 한다.

'학파'에서 '분파'로 옮겨가는 하종오 시인의 행보는 '단독성'이라는 개념으로 이해될 수 있다. 지금 여기의 사회 질서는 인간을 통제하기 위하여 우리의 삶을 획일화하고 평범하게 만든다. 그리하여 사회는 주류와 비주류를 구분하고, 비정상을 배척하여 정상의 틀에 끼워 맞추고자 한다. 그럼에도 불구하고 '나' 자신은 결코 '너'로 대체될 수 없으며, '나'를 단독적인 '나'로 살도록 하는 지점이 있다. 그것이 바로 단독성이다. 하종오 시집 『신강화학파 12분파』에서 비주류의 목소리에 귀 기울이고 이단자의 존재를 긍정하였던 것은, 단독성을 끝끝내 포기하지 않기 위함이었다.

'열두 동물'의 의미를 담은 시집의 제목 및 구성 또한 단독성의 문제와 긴밀히 연관된다. 열두 동물은 상징성이 강하다. 상징은 언제나 권위와 맞닿아 있다. 권위는 색다른 해석을 용납하지 않으면서 고정관념과 상식을 강제로 우리에게 주입시키기 때문이다. 예컨대 열두 동물을 동양 문화권의 십이간지라는 상징으로 해석한다면, 그것은 전통의 권위가 우리에게 강제한 고정관념일 것이다. 그렇지만 하종오 시집에서 열두 동물은 어떠한 상징적 의미도 내포하지 않는다. 왜냐하면 그 동물들은 모두 시인이 강화도에서 흔하게 마주치고 겪은 존재들이기 때문이다.

신강화학파 연작의 세 번째 시집 제목인 『신강화학파 33인』에서 '33인'도 표면적으로는 강한 상징성을 지닌 것처럼 보인다. 이렇게 볼 때, 동물을 열두 종류로, 인간을 서른세

명으로 설정한 것은 명백하게 시인의 의도가 반영된 것이라고 할 수 있다. 이러한 시집 제목은 독자들로 하여금 제목을 상징적 의미로 해석하도록 유인해낸다. 하지만 실상 시집을 다 읽고 나면, 독자들은 열두 동물과 서른세 명이라는 시인의 기획이 어떠한 통념에도 의존하지 않는다는 사실을 깨달을 수 있다. 상징적 의미를 기대하게끔 유혹한 뒤에, 그러한 기대를 무효화하는 것이 '12분파'와 '33인'이라는 시인의 기획 의도인 셈이다. 이와 같은 기대감과 실제 내용 사이의 격차로 하여 독자는 더욱 커다란 충격을 받을 수 있다.

기대감과 실제 내용 사이의 낙차가 전달하는 충격은, 독자로 하여금 고정관념으로부터 벗어나 열두 동물과 서른세 사람들 각각의 단독성에 주목하게끔 한다. 열두 동물과 서른세 사람들은 실제로 시인 자신이 강화도에 살면서 마주쳤던 존재이다. 그들은 보다 고상하고 숭고한 관념을 상징하는 것이 아니라, '지금 여기'에 있는 존재일 따름이다. 그들은 특정한 역사적 전망이나 세련된 이데올로기를 보여주지 않는다. 그렇기 때문에 그들은 특정한 관념으로 환원되지 않는 단독적 삶의 모습을 드러낼 수 있다.

그렇다면 시집 『신강화학파 12분파』에서 여실하게 형상화되었던 비주류의 목소리, 이단적 존재의 단독성은 도대체 어디로부터 오는 것인가? 이 물음에 관한 실마리가 시집 『신강화학파 33인』 속에 담겨 있다. 이 시집의 '시인의 말'에서 하종오식 리얼리즘이 표현하는 단독성은 다름 아닌 '인간의 삶'으로 언급된다. "시인이라면 한 편의 시에 한 인간의 일생을 담아낼 수 있는 창조적 고투를 해야 한다는 생각도 해왔다." 하종오 시는 인간의 삶이라는 원천으로부터 단독성을 길어냄으로써 시 세계의 새로움을 열어나가고 있는 것이다.

'한 편의 시가 한 사람의 삶을 담아내는 형식일 수 있다'는 인간성에의 믿음 아래서 『신강화학파 33인』은 창조되었다. 인간의 삶 자체를 시로 표현하는 일은 수없이 많은 편견에 부딪쳐야만 한다. 왜냐하면 우리의 편견 속에서 인간의 삶은 시적이지 못하며 산문적인 것으로 여겨지기 때문이다.

인간의 삶이 시적이지 못하며 산문적이라고 느껴지는 까닭은 인간이 원래 시적이지 못한 존재라서가 아니다. 지금 여기의 세상이 인간의 삶을 산문적으로 만든 탓이다. 하종오 시집 『신강화학파 33인』은 그렇게 말하고 있다. 그럼에도 인간의 삶을 산문적인 것으로 치부해버리는 시인은 인간을 획일화하는 권력과의 공범자가 되기 쉽다. 『신강화학파 33인』은 인간이 아무리 점점 획일화되더라도, 그 인간의 삶이 결코 남들과 대체될 수 없다는 엄연한 현실을 입증한다. 이 시집은 언어예술이 획일적 사회로부터 벗어날 수 있는 진정한 가능성, 즉 단독성을 오히려 인간의 삶 자체에서 찾고자 한다.

2. 예술과 삶의 진정한 합일

하종오 시집 『신강화학파 33인』(이하 '33인'으로 약칭)의 구성은 「신강화학파 33인 유래담」(이하 시 제목에서 '신강화학파 33인'은 생략)에서 「전편前篇」까지, 「전편前篇」에서 「후편後篇」까지, 「후편後篇」에서 「후일담」까지, 이렇게 크게 세 부분으로 나뉠 수 있다. 먼저 첫 번째 부분인 「유래담」에서 「전편前

篇」까지는, 일하는 삶과 예술 행위를 시적으로 결합시키고 있는 작품들이 모여 있다. 예를 들어 「재비」는 스스로를 강화의 마지막 풍물재비라고 부르는 사람이 주인공으로서 등장한다. 이 시에서 '재비'는 시대의 변화로 인하여 풍물놀이를 그만두었음에도, 자신의 일터에서 쓰이는 사물들인 호미와 논물과 삽과 밭둑을 두드려 풍물소리를 낸다. 여기에는 급속한 유행의 흐름에 밀려 사라져가는 옛것의 슬픔이 담겨 있다. 그러나 시인은 사라져버린 옛것을 그리워하거나 안타까워하기만 하는 대신에, 일하고 숨 쉬는 삶 자체를 예술적인 활동으로 형상화했다. 원래 풍물놀이라는 문화 자체가 공동체로부터 자연스레 발생한 유희이자 예술이었을 것이다.

「시인」이라는 작품도 '시인'이라는 예술가를 주인공으로 등장시킨다는 점에서 「재비」와 닮아 있다. 「시인」은 시인과 그의 시작詩作을 소재로 삼고 있기 때문에, 일종의 시에 관한 시, 다른 말로 메타시meta poetry라 할 수 있다. 메타시는 언제나 언어예술로서의 시란 근원적으로 무엇인지를 묻는 것이다. 그러면서도 이 시는 인정받으려 하며, 명성을 빛내려 하며, 누군가에게 각별히 기억되고자 하는 인간적 욕망의 문제를 다룬다. 시의 중심인물을 '아무개 시인'이라고 이름 붙인 방식 자체가, 그와 같은 문제를 표현하려는 시인의 세심한 의도에서 나왔다. 왜냐하면 '아무개'란, 어떠한 사람을 구체적인 이름 대신에 이르는 인칭 대명사이기 때문이다. 특히 '아무개'라는 말의 부정적인 어감은, 제대로 알려지지 않은 자, 그럼에도 남들에게 이름을 남기려고 하는 자의 정서를 환기한다.

이웃마을에 사는 아무개 시인이
이규보 옹이 시회詩會를 작파하고
적적하게 지낸다는 소식을 알고
문안 여쭈러 가자고 찾아왔다
신강화학파로 자칭한 적 없는데
주민들이 대놓고 신강화학파로 경칭하는 바람에
신강화학파가 되어 버린 아무개 시인은 흐뭇해하며
시를 열심히 썼다
어느 해 시회에서
아무개 시인이 써낸 즉흥시를
이규보 옹이 읽고는 시마詩魔를 만났다면서
거푸 술 석 잔 따라준 적이 있었으나
그뿐, 바깥세상에 이름이 나지 않았다
아무개 시인과 나를 맞은 이규보 옹이
어디서 풍문을 들었는지,
옛 시인은 지필묵으로 시를 써서 돌려 봤지만
현대 시인들은 시집을 냈다가
무명으로 남는 것이 너무 두려워서
유명 출판사에 투고한다는데, 맞는가?
무명 출판사에서 시집을 내면
평자들이 찾아 읽어주지 않아서
유명해질 수 없다는데, 맞는가?
거푸 확인하려 들 때
나는 설명할 수 없어 잠자코 있었고
아무개 시인이 떨리는 목소리로 말했다

제가 신강화학파 시인으로 떠받들어져 흐뭇해하는 것도
따지고 보면 주민들이 저를 알아주고 있다는 점 때문입니다.
현대 시인은 시만 잘 써서는 안 되는군.
이규보 옹이 중얼거리기에 나는 눈길을 돌렸다
                                        ——「신강화학파 시인」 전문

　위에 인용한 시의 1행부터 4행까지는 '아무개 시인'이 '이규
보 옹'에게 문안 인사를 드리러 같이 가자고 '나'를 찾아온
정황을 담고 있다. '나'도 실제로 강화도에 사는 시인이라는
점에서, '아무개 시인'은 '나'의 거울상鏡과 같은 분신이라 할
수 있다. 이러한 분신과의 만남이라는 사건에서부터 시는 시작
하는 것이다.
　5행부터 8행까지는 '아무개 시인'이 강화도에서 시를 쓰며
살아가는 모습을 표현하였다. 그는 '신강화학파'로 '자칭'한
적 없지만, 이웃 주민들이 그를 '신강화학파'로 '경칭'하는 바람
에, 흐뭇해하면서 시를 열심히 쓰게 되었다고 한다. '자칭'과
'경칭'이라는 시어의 미묘한 대비를 통하여, '아무개 시인'이
명예욕을 절제하는 모습과 이웃 주민들이 남을 존중하는 자세
가 짜임새 있게 표현되었다. 생각해 보면 '아무개 시인'이라는
인물의 정체성을 이루는 요소들은 각각을 따져보면 평범하고
일상적인 것들뿐이다. 강화도에 사는 사람들도 많을 것이고,
시를 쓰는 사람들도 흔할 것이며, '신강화학파'와 같이 어떠한
학파에 소속된 사람들도 여럿이고, 남들이 경칭을 해주면 좋아
할 사람도 대부분일 것이다. 그러나 따로따로 놓고 보면 평범하
고 일상적인 삶의 국면들은 서로 얽히고 겹쳐짐으로써 세상에

오직 하나뿐인 인간의 삶을 빚어낸다. 이처럼 하종오식 리얼리 즘은, 언뜻 하찮것없고 밋밋하게만 보이는 인간의 삶을 모아서 문득 눈부신 단독성을 드러낸다.

9행부터 13행까지는 '아무개 시인'과 '이규보 옹'이 만났던 과거에 해당한다. 여기에서는 '시마詩魔'를 비록 만나더라도 세상에 이름이 나지 않는 '아무개 시인'의 슬픈 처지가 나타나 있다. 실상 '아무개 시인'이 '시마'를 만났다는 것도 결국 '이규 보 옹'이라는 고전적 시인의 견해에 지나지 않으므로, 그것이 현대적 기준에 알맞은 견해인지 알 수 없는 노릇이다. 그런데 '나'와 '아무개 시인'이 '이규보 옹'을 문안 인사차 찾아갔을 때, '이규보 옹'은 14행부터 22행까지의 대목에서 현대 시인의 행태에 관한 풍문을 질타하듯 캐묻는다. 그 물음의 내용은, 무명 출판사에서 시집이 출판되면 제대로 주목받지 못하는 탓에 현대 시인이 유명 출판사에서 시집 내기를 선호하는지를 묻는 것이다. 과거의 시인은 시를 쓸 때에 상대적으로 독자를 크게 의식하지 않았다. 따라서 그의 시각에서는 시가 소비되어 야만 명성이 뒤따르는 현대 문화산업이 언짢게 보일 수 있다.

이러한 '이규보 옹'의 물음에 대하여 '나'는 대답하지 못하지 만, '아무개 시인'은 떨리는 목소리로 대답한다(23~25행). '나' 또한 시를 함부로 소비해버리고 마는 현대 문화산업으로부터 자유롭지 못하므로 떳떳하게 대답하지 못하였을 것이다. 그에 반하여 '아무개 시인'이 떨리는 목소리로 대답하였다는 것은, 분신의 입을 통하여 시적 화자의 내밀한 마음을 표출하였다는 뜻이다. 그 내밀한 마음이란, 자신이 '신강화학파'로 떠받들어 져서 흐뭇해하는 까닭도 주민들이 자신을 알아주기 때문이라

156

는 것이다(26~27행). '아무개 시인'의 이 대답에는 두 가지 서로 다른 의미가 들어 있다. 하나는 어떠한 사람이라도 남들에게서 인정받고 싶어 하는 욕망을 완전히 덮기란 어렵다는 회한이다. 다른 하나는 그럼에도 시를 쓴다는 일이 누군가에게 다가가 기억되기를 바라는 몸짓임을 뜻한다.

그러자 '이규보 옹'은 시의 마지막에서 현대 시인은 시만 잘 써서는 안 된다고 비아냥댄다. 이는 일차적으로 오늘날 한국 시단에 종사하는 자들이 겪어야 하는 문제를 지적한다. 하지만 인간이 사는 일 또한 이와 별반 다르지 않을 것이다. 우리도 우리 이름을 널리 빛나게 만들고 싶어 하지만, 그것은 곧장 자본주의 산업사회의 메커니즘 속으로 흡수되어지기 쉽다. 이것은 손쉽게 해결될 문제가 아니라, 끊임없이 그 해법을 고민해야 하는 문제이다. 「시인」이라는 작품이 만남과 충돌, 대화와 토론의 형식을 취하는 것도 이러한 이유에서다. 하종오는 이처럼 인간의 근원적 욕망과 예술 행위의 문제를 직접적으로 연결시킴으로써, 예술과 삶의 문제가 멀리 떨어져 있지 않음을 시적으로 나타낸다.

여기에서 「노래꾼」은 「시인」에 화답하는 시로 읽힐 수 있다. 작품 「노래꾼」에서 중심인물 '노래꾼'은 시적 화자의 '친구'로 일컬어진다. 여기에서 시적 화자가 '노래꾼'을 '친구'라고 부르는 형식 또한, '노래꾼'이 일종의 예술가로서 시적 화자의 분신과 같은 존재임을 은연중 드러낸다. 그 '노래꾼'은 강화에 살러 온 이후, 노래를 부르려 하지 않고 오로지 바람과 햇빛과 물을 보려고만 한다. 그 자연물들의 속성은 저마다 처한 자리에 따라 달라지는 것으로 표현된다. 이때 "소나무에서 잣나무로 건너가면 소리가 달라지는 바람"과 같은 구절은, 그 자체만으로 마치 현미경과 같이 놀라운 관찰력을 보여주는 묘사이다. 이렇게 처한 자리에 따라 자연의 사물들이 달라지는 모습이 다름 아닌 노래의 원천이라고 '노래꾼'은 생각하였을 터이다. 사람이 부르는 노래 또한, 자신이 지금 여기의 자리를 살아가는 방식에 따라서 소리와 빛깔과 모양을 달리하며 뿜어져 나오는 것이기 때문이다.

하지만 '노래꾼'은 노래할 만한 풍경을 그저 제 속에 담아두기만 할 뿐, 남들에게 들려주려고 하지 않는다. 왜냐하면 노래하는 순간에 그동안 제 속에 담아왔던 모든 것이 사라져버린다는 사실을 '노래꾼'이 이미 알고 있는 탓이다. 그의 생각에 따르면 남에게 더 많이 알려지는 것만을 목적으로 삼을 때, 예술의 진정한 가치는 곧 사라지는 것이 된다. 이러한 「노래꾼」의 주제 의식을 통하여 「시인」에서 현대 시인을 얽어매었던 문화 산업은 간접적으로 비판된다. 그리하여 '노래꾼'은 풍경이 뿜어내는 노래를 빌려서 남들에게 들려주고자 하기보다는, 풍경을 쳐다보고 거기서 울려나오는 노래를 제 속에 들여놓기만 한다. 그렇다면 풍경을 쳐다보는 행위 자체가, 더 정확히 말해서 그 풍경의 노래를 제 속여 들여놓는 행위 자체가 바로 노래일 것이다. 이 시는 '노래꾼'의 삶을 진정한 예술로 형상화한 수작이다.

예술의 값어치를 돈이나 명성과 같은 단위로 따진다면, 그러한 예술은 인간의 고통을 외면하는 것이거나, 아니면 벌써 삶과 훌쩍 동떨어진 것이기 쉽다. 하지만 『33인』에서 시인 하종오는 삶 자체에서 참된 예술을 길어 올려야 한다고 사유한

다. 이 명제는 뒤집어 말하더라도 진실이어서, 우리 인간의
삶이 예술과 합일될 때에야 그 삶은 삶다운 것일 수 있다고
시인은 생각한다. 예술이 인간을 세속에서 구원할 수 있는
까닭은 단독성을 찾아 나서기 때문이다. 시인은 인간에게 단독
성을 돌려줄 수 있는 단독성이 다름 아닌 인간의 삶에서 나온다
고 믿는다.

3. '남'과 연결됨으로써 비로소 '나'다운 나

하종오식 리얼리즘에 따르면 언어예술로서의 시가 단독적
일 수 있는 까닭은 인간의 삶이 단독적이기 때문이라고 한다.
그렇다면 인간의 삶에서는 왜 단독성이 우러나오는 것인가?
하종오식 리얼리즘은 개인 내부에서만 시의 원천을 찾지 않는
듯하다. 시집 『33인』의 「전편前篇」부터 「후편後篇」까지에 놓인
시편들은 하종오 시 세계에서 단독적 인간의 삶이 어떠한
방식으로 형상화되는지를 잘 보여준다. 그것은 바로 '남'과의
연결이다.

「잡부」는 농촌에 살면서 건축현장으로 일하러 가는 '잡부'
의 이렇다 할 것도 없는 삶과, 지나가는 사람들에게 짖어대는
'집개'와 '들개들'의 모습을 뛰어나게 연결시켜 포착한 작품이
다. 이 시의 도입부는 '사내'가 농사일을 '안사람'에게 맡겨둔
채 건축현장으로 일하러 가는 까닭을 진술한다. 농사일은 가을
철에야 목돈이 만들어지므로, 그 돈만으로는 일 년 내내 여유롭
게 먹고 쓰기가 어렵기 때문이다. 이와 같이 작품의 첫 대목은
평범한 한 사람의 삶을 통하여, 시대 변화와 그에 따른 고통을

비범하게 시 속에 부려놓았다.

그처럼 냉혹하게 변화하는 현실의 흐름 속에서도 생명과 생명 사이의 연대連帶가 솟아나는 장면을 「잡부」는 솜씨 있게 그려내었다. '사내'가 새벽에 집을 나설 때마다 왜 '집개'와 '들개들'이 짖어대는지 시인은 의문스러워 하였다. 상식의 차원에서 보자면 사람이 지나갈 때 개가 짖는 것은 지극히 당연한 일일 뿐이다. 하지만 남들이 자연스럽게 여기는 사건을 남들과 다르게 바라보는 순간에 비로소 시는 간신히 태어난다. 시인은 '사내'가 지나갈 때마다 개들이 짖는 이유를, 과거에 '사내'가 뺑소니차에 치여 피 흘리던 '들개 한 마리'를 치료해주었던 사건과 연결시킨다. 그 사건으로 인하여 '들개들'은 '사내'를 '신강화학파'로 대우하게 되었다는 것이 시인의 놀라운 상상력이다. 뺑소니차에 치여 피 흘리던 '들개 한 마리'의 모습 속에서, 사내는 농사를 지을수록 가난해지지만 자신과 가족의 생계를 위하여 다른 일터로 떠밀려가는 자신의 모습을 발견하였던 것이 아닐까.

이전의 연작시집 『신강화학파 12분파』는 강화도에서 흔히 마주칠 수 있는 열두 동물의 목소리와 시선을 빌려온 형식이었다. 이전 시집의 열두 마리 동물들 가운데에서도 '들개'는 특별한 의미로 시 속에서 나타나던 존재였다. 왜냐하면 그것은 '집개'와 대비되어, 길들여지지 않는 야성의 삶, 이단적 존재 방식을 뜻하였기 때문이다. 『33인』의 「잡부」에 등장하는 '들개'도 마찬가지로 뺑소니차로 인하여 피를 흘릴 위험에 처한 존재로서, 주류 집단 권력의 폭력 때문에 언제든 희생될 수 있는 비주류의 존재를 암시한다. 심화되는 자본주의에 떠밀려 더 이상 농사를 짓지 못하고 건축현장에서 날품을 파는 '잡부'도, 들개와 같이 삶의 터전을 빼앗긴 비주류에 해당하는 것이다.

비주류가 살아가야 할 이유는 주류의 질서에 의하여 결정되기 쉽다. '잡부'가 건축현장에서 일을 해야 하는 것도, 농부의 생계유지를 불가능하게 만드는 자본주의 질서에 의하여 결정된 것 아니겠는가? '들개'들이 마음대로 다닐 수 있는 삶의 터전을 잃어버리고 자동차의 질주에 목숨을 내걸어야 하는 것도, 환경을 제 욕심에 따라 함부로 바꿀 수 있다고 믿는 인간의 오만함 탓이다. 그렇다면 '잡부'와 '들개'는 자기만의 정체성, 스스로 창조해내는 삶의 이유를 영영 가질 수 없는 것일까? 당신은 어떻게 남들과 다른 당신만의 존재 의의를 마련할 수 있는가? '잡부'는 도로에 피 흘리고 쓰러져 있는 '들개'를 구하였을 때, 비로소 다른 '잡부'들과 구별되는 '잡부'가 된다. 다른 당신과 연결됨으로써, 당신은 다른 당신과 다른 당신, 당신들을 제 속에 담으면서도 단 하나뿐인 당신, 단독적인 당신이 될 수 있다. 남과의 연결을 통한 나의 단독성 확보는 「양계업자」에서 탁월하게 묘사된다.

> 참새들이 계사鷄舍에 들어가
> 닭들과 함께 모이를 쪼아 먹으면서
> 날개를 양쪽에 가지고도 날지 못하는 건
> 양계업자가 가둬놓은 탓이라고 속닥거렸다
>
> 참새들과 양계업자는
> 상대방의 말을 할 줄 아는

자유로운 영혼을 지닌 신강화학파지만
모이를 주는 양계업자와
모이를 슬쩍하는 참새들은
닭들에 관한 한 입장이 너무나 달라서
말하지 않고 지냈다

장사치들이 신강화학파라면 무조건 믿으며
닭값을 제대로 쳐주었으므로
양계업자는 늘 표 나게
신강화학파로 행세하면서도 닭들을 막 대했고
참새들은 신강화학파답게 닭들을 가엽게 여겼다

어느 날 계사에 들어간 참새들이
닭들 사이에서 모이를 쪼아 먹다가
슬금슬금 날갯짓하는 법을 가르쳐주기 시작했다
양계업자가 우연히 그 광경을 목격하고는
참새들이 나타나기만 하면 참새들의 말로 외쳤다
후여후여!

—「신강화학파 양계업자」 전문

위 시의 1연에서 참새는 계사에 들어가서 양계업자가 뿌려놓
은 닭 모이를 훔쳐 먹는다. 그러면서 참새는 닭들에게, 날개를
가지고도 날지 못하는 이유는 양계업자가 닭을 가두어놓았기
때문이라고 속삭여준다. 참새가 비록 남의 먹이를 훔쳐 먹는
신세임에도 불구하고, 은밀하게 반역을 선동하고 도모하는

혁명가처럼 묘사된 것이 1연의 재미난 부분이다. 여기에는 생존과 자유 사이의 갈등이라는 주제가 담겨 있다. 예컨대 한국 사회는 1960년 4월 혁명을 통하여 인민이 정치의 진정한 주체로서 역사상 누려본 적 없는 정도의 자유를 느낄 수 있었다. 그러나 그 열기는 박정희의 5·16 군사쿠데타와 독재정권이 표방한 경제 성장의 슬로건에 의하여 억눌리게 되었다. 자유와 생존이라는 두 가지 가치 간의 길항은 인간에게 쉽사리 풀리지 않는 보편문제인 동시에, 한국 현대사를 통과해온 인민의 몸속에 깊이 박힌 화두 중 하나이다.

2연에서 참새들과 양계업자는 상대방의 말을 할 줄 아는 "자유로운 영혼"으로 진술되는데, 이러한 상상력은 우화적이면서 독특하다. 시인이 생각하기에 "자유로운 영혼"이란, 무슨 짓이든 할 수 있다는 뜻에서의 자유가 아니라, 남의 언어를 헤아릴 수 있으며 남에게 제 언어를 전달할 수 있다는 뜻에서의 자유이다. 서로에게 등 돌리거나 함부로 상처를 주는 지금의 여기에서, 언제쯤에나 자유자재의 소통이 가능해질까 생각하면 아득하기만 하다. 상식적으로 따질 때 참새들과 양계업자가 대화하지 못한다는 사실을, "닭들에 관한 한 입장이 너무나 달라서/말하지 않고 지냈다"면서 슬쩍 눙치는 솜씨도 일품이다. 자유로이 날아다닐 수 있는 존재는, 갇혀 있는 존재에게 자유를 이야기해줄 수 있지만, 역설적으로 그 자유 때문에 굶주리며, 갇힌 존재에게서 양식을 빌려야 한다. 남을 억압하고 이용할 자유가 있는 존재는, 그 때문에 자신이 억압하는 존재를 먹여 살릴 수 있다. 이와 같이 복잡한 사유와 이율배반의 형상화는 언뜻 단순해 보이는 이 시에 깊이를 부여한다.

「양계업자」의 3연에서 양계업자는 '신강화학파' 행세를 하는 것으로, 참새들은 '신강화학파'다운 것으로 제시된다. 그러나 이 작품의 화자는 시 전체에 걸쳐 참새들과 양계업자 모두를 '신강화학파'에 속하는 것으로 진술한다. 다시 말해서 시인은 자유로운 존재와 억압하는 자 사이에서 어느 한쪽의 편을 들어주지 않는 것이다. 하종오 시인이 이와 같이 선악의 이분법에 손쉽게 기대는 것을 거부하는 까닭은 무엇일까? 그의 '신강화학파' 연작에서 '신강화학파'는, 나름대로의 존재 이유를 가지고 저마다 살아가는 모든 생명을 뜻한다. 이는 못나게 살든 잘나게 살든 그렇게 사는 데에는 그럴 만한 까닭이 있다는 시적 사유를 드러낸다. 참새들도 자유롭게 살고 싶기 때문에 날아다니는 것이며, 양계업자들도 돈을 많이 벌고 싶기 때문에 닭들을 가두는 것이다.

　4연에서 참새들은 양계업자에 의하여 다루어지는 닭들을 가엾게 여기다 못해서, 닭들에게 날갯짓하는 법을 슬금슬금 가르쳐주기에 이른다. 이에 맞서서 양계업자는 닭들의 모이를 빼앗으며 닭들에게 자유를 가르쳐주는 참새들을 내쫓고자 한다. 이때 "후여후여"가 참새들의 말이라는 표현은 대단히 흥미롭다. 우리는 보통 참새 울음소리를 '짹짹'과 같은 것으로 생각하며, "후여후여"는 참새를 쫓는 사람의 말로 여긴다. "후여후여"는 아주 오래전 농경사회일 때부터 사람들에게 제2의 본성처럼 육화되었을 언어이리라. 양계업자는 자연적으로 발생하여 까마득한 시간 동안 사용되었던 언어를 그저 내뱉은 것이다. 그 언어는 그렇게 자연적인 언어인 만큼 참새와 같은 자연적인 존재를 움직일 수 있는 힘을 가지고 있으며,

참새를 움직일 수 있는 힘을 가진 만큼 참새의 언어이기도 하다.

한마디로 말하자면 "후여후여"는 사람의 언어이기도 하지만, 참새들이 없었다면 존재하지 않았을 것이므로 참새의 언어이기도 하다. 그것은 자기 고유의 목적을 이루기 위한 사람의 존재 방식을 나타내지만, 그것은 참새의 삶과 밀접히 이어져 있다. 참새들이 닭을 가여워하는 성격과 감정도, 닭에게 날갯짓하는 법을 속삭이는 행위도 마찬가지로 양계업자의 삶과 긴밀하게 연결되어 있는 것이다. 자기 나름대로의 목적을 추구하는 삶은 늘 자기를 둘러싼 존재들과 순환 관계를 이루고 있다. 남들과 얽히고 부딪치기 때문에, 나의 삶은 남들과 관련된 특정 목적을 추구하게 된다. 그렇게 나의 삶은 고유한 목적을 추구하기에 남들의 삶과 연결될 수 있다. 그렇게 무수한 연결들이 겹치며 하나의 삶은 비로소 남다른 삶이 되는 것이다.

시집 『33』에서 「유래담」부터 「전편」까지의 시편은 예술이 되는 삶, 삶이 되는 예술을 그려내었다. 하나의 예술작품과 하나의 삶은 모두 자기만의 존재가치, 즉 단독성을 가질 때에만 빛을 발할 수 있다. 「전편」부터 「후편」까지의 시편에서 단독성은 인간의 삶, 보다 정확하게 말하자면 다른 인간들의 삶과의 어울림 속에서 솟아나오는 것으로 제시되었다. 하종오는 이를 시적으로 형상화하기 위하여, 「양계업자」에서 참새들과 양계업자가 닭에 대한 입장 차이로 충돌하는 모습을 포착한다. 여기에서 엿볼 수 있는 하종오식 리얼리즘의 시 창작방법 중 하나는, 시에 등장하는 존재들이 자기 나름의 목적을 관철시키고자 하는 성격·감정·행위를 통하여 다른 존재들과 연결되는 것이다. 이러한 미학적 원리는, 사람이 저마다 다른 모습으로 살아가는 데에는 그만한 나름의 까닭이 있음을 이해해야 한다는 시인의 사유와 맞닿아 있다. 따라서 하종오식 리얼리즘은 지상에서의 삶과 그 의미 하나하나를 인식하고 긍정하는 몸짓이라 할 수 있다.

4. 죽음은 왜 삶의 일부인가

뒤이어 시집 『33인』의 「후편」 이후 시편에서는 「상여꾼」이나 「산역꾼」과 같이 죽음을 곧 맞이하려는 사람들의 이야기가 여럿 나온다. 앞서 「전편」과 「후편」 사이의 시편에서는 삶과 그 의미를 인식하고 긍정하려는 몸짓이 있었는데, 어째서 「후편」 이후 시편은 죽음을 노래하고 있는 것일까? 삶으로부터 멀찍이 떨어져 죽음 쪽에서 삶을 바라보았을 때, 우리는 삶의 본모습을 더 선연하게 들여다볼 수 있다. 왜냐하면 삶의 한가운데에서 아등바등 허덕일 때에는 정작 삶의 정체가 무엇인지를 알아차리기 쉽지 않은 탓이다. 죽음 쪽에서 삶을 바라보는 일은 어쩔 수 없이 견뎌야 하는 두려움이 따르며, 두려움마저 미소로 바꿀 수 있는 커다란 용기가 필요할지도 모른다. 죽음을 삶의 일부로 톺아보려는 시는, 삶을 부분적으로만이 아니라 통째로 긍정하려는 시이다.

「상여꾼」은 남들의 죽음을 예우하던 마음으로 자신의 죽음을 준비하는 상여꾼을 서늘하게 그리고 있다. 이 작품에서 제목 빼고는 시의 중심인물인 "이웃동네 사내"를 상여꾼이라고 직접적으로 알려주는 대목이 전혀 없다. 다만 시의 공간적 배경이 "뒷산 공동묘지 오르는 길섶"이며, "이웃동네 사내"가 그 길섶의 "낡은 곳집"에 이따금씩 들른다는 정황만이 중심인물의 정체에 관한 실마리를 제공한다. 왜냐하면 공동묘지 가는 길섶의 곳집은 대체로 묘지 관련 직업을 지닌 사람이 머무는 곳이기 때문이다. "이웃동네 사내"는 정체가 흐릿하여 시적 화자 및 독자의 상상력을 더욱 자극한다. 또한 시인이 시 본문에서 상여꾼을 "이웃동네 사내"라고만 표현한 것은, "신강화학파는 무명無名으로 존재해야 한다는/내 나름의 경외심"이라는 시의 구절과 미묘하게 맞닿는다. 이처럼 「상여꾼」은 설명을 최소화할수록 오히려 내밀하고 풍부한 의미를 전달한다.

> 우리 집에서 귀를 기울이면
> 뒷산에 날아다니는 딱따구리가 앞소리를 내고
> 뒷산에 멎은 바람이 뒷소리를 냈는데
> 공동묘지 내려가는 이웃동네 사내를 바라보면
> 혼자 앞소리를 메기고 혼자 뒷소리를 받았다
> ──「신강화학파 상여꾼」 부분

"뒷소리"는 민요에서 '받는소리'라고도 하며, 한 사람이 앞소리를 메기면 뒤따라 여럿이 함께 받아 부르는 일종의 후렴을 의미한다. 한국 전통 장례에서 상여꾼들은 무덤으로 상여를 메고 가며 상엿소리를 부른다. 상엿소리는 요령을 흔드는 자가 앞소리를 메기면 나머지 상여꾼들이 뒷소리로 받는 형식의 노래이다. 「상여꾼」은 시 전체가 앞소리와 뒷소리처럼 메기고 받는 형식으로 짜여 있다. 시 전체의 전반부와 후반부는 이웃동네 사내의 등산—하산, 딱따구리의 나무 쪼기—날아가기, 바람의 지나감—멎음 등으로 메기고 받는 호응 관계를 이룬다. 전반부(등산, 나무 쪼기, 지나감)에 비하여 후반부(하산, 날아 가기, 멎음)는 사라지고 마무리되는 의미망을 이룬다. 이는 마치 상여가 무덤으로의 먼 길로 떠나가면서 상엿소리가 차츰 아련하게 잦아드는 느낌마저 자아낸다.

시 전체에 앞소리와 뒷소리의 짜임새가 갖추어져 있으면서, 위에 인용한 대목에도 메기고 받는 구조가 나타난다. 이는 전체가 부분에서 반복되는 프랙털fractal 같은 것이다. 인용한 부분은 이웃동네 사내가 뒷산 곳집을 떠난 상황과 뒷산 공동묘 지를 내려가는 상황, 이렇게 둘로 나뉜다. 이웃동네 사내가 뒷산을 떠나 곳집을 비워두었을 때에는, 사람 대신 딱따구리나 바람과 같은 자연 사물이 요령소리와 상엿소리를 낸다. 여기에 서 특히 "뒷산에 멎은 바람이 뒷소리를 냈는데"는 꾸밈없는 시어들만을 가지고서도 오히려 화려한 수사법보다 더욱 아찔 하도록 아름다운 구절이 된다. '부는 바람이 소리를 낸다'고 하면 일반적인 묘사이겠지만, '멎은 바람이 소리를 낸다'는 대목은 사라진 것 속에서도 아직 흔들리며 움직이고 있는 파동까지 인식해낸 묘사이다. 반면 이웃동네 사내가 뒷산을 내려가는 인용 부분의 후반부에서, "혼자 앞소리를 메기고 혼자 뒷소리를 받았다"라는 시구詩句는, 누구나 죽음 앞에서 절대적으로 고독할 수밖에 없음을 형상화한 절창이다.

필자가 위 부분을 따로 인용한 것은, 눈부신 묘사 탓이기도 하지만, 이웃동네 사내라는 중심인물의 존재 여부에 따라서 상엿소리가 확산·수렴되는 구조를 밝히고자 함이다. 인간이 없을 때에는 애도의 노래가 자연 사물에게로 확산되다가 인간이 있을 때에는 애도의 노래가 인간으로 수렴되는 것이다.
모든 생명체들은 죽어야 하는 운명에 던져져 있지만, 그중에서
도 죽음의 운명을 상기하면서 거기에 의미를 부여할 수 있는
존재는 오로지 인간일 뿐이다. 인간이 단독성의 원천인 것도
이와 같은 이유에서일 것이다. 상엿소리가 자연 사물로 확산되
었다가 하나의 인간으로 수렴되는 구조는 그러한 뜻으로 해석
될 수 있다. 「산역꾼」 또한 죽음을 삶의 일부로 인식하는 존재가
인간뿐임을 말한다.

무덤을 만들어주고 먹고사는 육순 사내는
신강화학파란 없다고
거두절미했다

그리고 반문했다
묘혈을 파다 보면
모든 인간의 넓이가 같고
하관을 하다 보면
모든 인간의 깊이가 같고
봉분을 올리다 보면
모든 인간의 높이가 같은데
신강화학파가 그걸 알겠느냐고

논밭에서 곡식을 키워 먹고사는 신강화학파가
그런 걸 알 리가 없겠지만
신강화학파라면 당연히 알아야 할 점이니

당신이야말로 신강화학파라고
내가 맞대꾸했더니
육순 사내가 달구소리로 대꾸질했다

어허라 달구, 신강화학판들 죽지 않으시꺄?
어허라 달구, 죽지 않으면 신강화학파 아니시다.
어허라 달구, 신강화학파 아무리 많다 해도
어허라 달구, 세상엔 산 자 죽은 자뿐이시다.
　　　　　　　　　—「신강화학파 산역꾼」 전문

　산역꾼이란 시체를 묻고 뫼를 만들거나 이장하는 일을 직업
으로 하는 사람을 가리키는 말이다. 1연에서 산역꾼의 직업을
"무덤을 만들어주고 먹고사는" 것이라는 한마디로 간추리는
구절은 의미심장하다. 무덤을 만들어준다는 것은 죽음과 관계
하는 일이다. 반면에 먹고산다는 것은 삶의 다른 말이기도
하다. 따라서 "무덤을 만들어주고 먹고사는" 산역꾼의 일이란,
죽음과 삶이 강렬하게 마주치는 자리이며, 죽음도 삶도 인간이
결코 피할 수 없는 문제임을 대변하는 행위이다. 또한 산역꾼의
나이가 "육순"이라는 점 또한 범상치 않다. 왜냐하면 실제로
이 시를 쓸 무렵 시인 하종오의 나이가 예순 어름을 넘어서고
있었기 때문이다. 이렇게 보면 위 작품은 중심인물인 산역꾼과
시적 화자인 '나'라는 서로 다른 두 사람의 대화이면서, 동시에
한 사람이 스스로와 나누는 내적 대화일 수도 있다.
　「산역꾼」 첫 번째 연에서 산역꾼은 "신강화학파란 없다"고
선언한 뒤, 2연에서 그 이유를 설의법으로 이야기한다. 묘혈을

파고, 하관을 하고, 봉분을 올리는 산역을 하다 보면 모든 인간의 넓이와 깊이와 높이가 같다고 산역꾼은 말한다. 그런데 신강화학파는 그러한 사실을 모르기 때문에 "신강화학파란 없다"는 것이다. 시에서 보통 '넓이', '깊이', '높이'와 같은 낱말은 매우 추상적이고 개념적이기 때문에 거느릴 수 있는 정서의 폭이 적은 것으로서 기피되기 마련이다. 그러나 죽어서 산역꾼의 손을 거친 인간의 넓이와 깊이와 높이라고 하였을 때, 그것은 죽은 인간이 품었거나 품고 싶었을 영토, 복잡하고 험했을 마음의 경로, 다다르고자 하였을 꿈의 아름다움 등을 한꺼번에 떠올리게끔 한다.

3연에서 "논밭에서 곡식을 키워 먹고사는 신강화학파"는 1연의 "무덤을 만들어주고 먹고사는 육순 사내"와 구조적으로 대칭을 이루고 있다. "논밭에서 곡식을 키워 먹고사는" 일이란, 인간의 목숨에 직결되는 먹을거리를 생산함으로써 자신의 목숨을 이어나가는 일이다. 반면 "무덤을 만들어주고 먹고사는" 일이란, 인간의 목숨이 다하고 난 자리를 어루만짐으로써 자신의 목숨을 이어나가는 일이다. 전자가 생生을 통하여 생生을 가능케 하는 것이라면, 후자는 사死를 통하여 생生을 가능케 하는 것이라고 할 수 있다. 그렇기 때문에 '신강화학파'라는 보통내기는 후자의 측면을 잘 모르고 지낸다. 하지만 시적 화자는 산역꾼이 전하는 진실을 보통내기도 알아야 한다고 힘주어 말한다.

세속적인 삶 속에서 보통 우리가 죽음을 입에 담기 꺼려하며 쉬쉬하고 덮어두려는 이유는, 그것이 너무도 무서워서 '정상적'으로 삶을 영위하는 데 방해되기 때문이다. 죽음의 두려움이 문득 삶에 엄습할 때, 우리는 과연 우리 존재가 얼마나 값진 것인가 회의하며 허무에 빠지기 쉽다. 하지만 그렇기 때문에 죽음의 공포를 떠올리는 일은 오히려 우리가 지금껏 지나온 길을 돌아보게끔 하는 역설적 힘을 지닌다. 만일에 내가 지금 당장 죽는다면 내 삶이 보람되었다고 자부할 수 있는가? 나는 죽어서 이 세상에 어떠한 의미를 남길 수 있는가? 이처럼 죽음에의 상기想起는 삶 속에서 추구하는 가치가 과연 얼마나 큰 가치를 가지고 있는지를 시험하는 시금석이다. 그러므로 산역꾼과 그의 삶을 곁에서 바라보는 시적 화자는, 죽음을 삶의 소중한 일부로서 보듬어야 한다고 역설하는 것이다.

달구소리란 시신을 땅에 묻고 흙과 회를 다지며 부르는 경기민요이다. 「산역꾼」의 마지막 4연은 "-(으)시꺄"나 "-(으)시다"와 같은 강화지역의 방언으로 달구소리를 담으면서, "세상엔 산 자 죽은 자뿐"이라는 주제를 효과적으로 표현했다. 하종오 시인은 그의 대표작 중 하나인 「벼는 벼꺼리 피는 피꺼리」에서도, 분단 극복이라는 주제를 경상도 방언을 시적 어조에 담음으로써, 남북한의 국가적·정치적 분단을 해소할 가능성으로서 자신이 발 딛고 서 있는 지역에서의 공동체적·인간적 연대連帶를 형상화하였다. 이와 마찬가지로 「산역꾼」 또한 강화 방언을 시에 적극 끌어들임으로써, 일터에서의 노동이 지니는 특수성과 죽음을 포함한 삶이라는 문제의 보편성 사이를 직결시키고 있는 것이다. 4연에서 모든 시행의 앞머리에 되풀이되는 "어허라 달구"는, 달구질이라는 노동의 힘겨움을 덜어주는 노동요 본래의 기능을 고려해볼 때, 땅을 다지는 달구의 물리적 무거움뿐 아니라 죽은 인간을 땅으로 돌려보낼

때의 심리적 무거움까지도 견디려는 의지의 반복적 표현일 수 있다.

5. 아이와 같은 시쓰기

이처럼 『33인』에서 「후편」 이후의 시편은 '상여꾼'이나 '산역꾼'같이 매우 특수하며 차츰 과거 속으로 사라져가는 직업군의 인물을 소환함으로써, 죽음을 피할 수 없는 인간의 보편적 운명을 환기한다. 그리하여 죽음에 관한 시는 사람들 각각이 지금 여기에서 살아가야 할 만한 까닭이 무엇인지를 독자로 하여금 자문하도록 이끈다. 그런데 이 시집에서 '신강화학파 33인' 중 가장 먼저 등장하는 존재는 '남자아이'이며, 가장 나중에 나오는 인간은 '여자아이'이다. 이처럼 「남자아이」와 「여자아이」가 시집 전체의 구성에 있어서 수미상관을 이루는 것 또한, '아이'라는 존재가 삶의 출발 지점에 놓인다는 뜻에서, 삶의 갈무리 장면을 다루었던 시편과 관련될 수 있다. 죽음에 관한 시는 삶의 끝 쪽에서, '아이'에 관한 시는 삶의 처음 쪽에서 각각 삶의 의미를 묻는 것이다.

「남자아이」에서 중심인물인 남자아이는, '신강화학파'라면 마을길을 걸을 때 집개의 걸음걸이로 걸어야 하며 '신강화학파'가 아니라면 이웃의 걸음걸이로 걸어야 한다고 질문한다. 이때 하종오의 '신강화학파' 연작에서 '신강화학파'는 모든 생명을 가리키는 범주이므로, '신강화학파'인 존재와 그렇지 않은 존재는 사실 같은 것이다. 그러므로 남자아이의 질문은, 누구나 자신의 집을 벗어나서 외부 세계로의 길을 걷고자 한다면 남들의 걸음걸이를 빌려야 한다는 것으로 간추려질 수 있다. (남들의 걸음걸이가 비유하는) 타자의 존재 방식과 자신의 존재 방식이 어떻게 연결되어 있는지를 이해할 때에만, 자신은 (집으로 비유되는) 한정적이고 폐쇄적인 영역으로부터 벗어나서 자기만의 존재 방식을 구가할 수 있는 것이다. 시집 『33인』에서 진정한 자기, 남과 다른 단독자로서의 '나'를 남들과의 연결 속에서만 감지되는 것으로 표현하는 까닭도 이와 같을 것이다.

이와 달리 「여자아이」에서 주인공인 이웃 여자아이는, 자신이 부모 세대와 같은 '신강화학파'가 되지 않게 해달라고 기원한다. 여자아이의 기원을 통하여 이 시는 시간의 흐름과 현실의 변화에 따라, 인간의 삶은 끝없이 달라지고 새로워질 수밖에 없는 것임을 이야기한다. 「남자아이」에서 말한 바와 같이, 개체 발생은 계통 발생을 반복하면서 자기에게 내재해 있는 뭇 생명들과의 공통성에 참여한다. 하지만 그와 더불어 개체 발생이 계통 발생으로부터 벗어나 돌연변이를 만들어내면서 (발전이 아니라 변화라는 뜻에서의) 진화한다는 「여자아이」의 주제도 부정될 수 없는 진실이다.

아이는 씨알과 같다. 씨알 속에는 보편적인 삶과 죽음의 절차가 담겨 있는 동시에, 그것이 자리 잡은 터전에 따라 독특하게 자라날 가능성도 들어 있다. 우리가 인간과 공감하고 인간을 기억하는 까닭은, 인간이 인간으로서의 공통성을 가지면서도 남과 다른 유일무이의 삶을 남기기 때문이다. 그리하여 삶에의 진정한 긍정을 가능케 하는 시는 인간에 관한 시일 것이다. 이 시집의 '시인의 말'에서 시인이 한 편의 시에 한 사람의 삶을 담겠다고 밝힌 이유가 여기에 있다. 이는 곧 하종오식 리얼리즘이 성취한 고유의 미학이기도 하며, 시집 『33인』이 인간을 단독성의 원천으로 노래하였던 까닭이기도 하다.

신강화학파 33인

초판 1쇄 발행 2018년 09월 20일

지은이 하종오
펴낸이 조기조
펴낸곳 도서출판 b

등록 2006년 7월 3일 제2006-000054호
주소 08772 서울시 관악구 난곡로 288 남진빌딩 302호
전화 02-6293-7070(대) 팩시밀리 02-6293-8080
홈페이지 b-book.co.kr 이메일 bbooks@naver.com

ISBN 979-11-87036-63-0   03810

값_10,000원